PAPO de POETA

Editora Appris Ltda.
1.ª Edição - Copyright© 2024 do autor
Direitos de Edição Reservados à Editora Appris Ltda.

Nenhuma parte desta obra poderá ser utilizada indevidamente, sem estar de acordo com a Lei nº 9.610/98. Se incorreções forem encontradas, serão de exclusiva responsabilidade de seus organizadores. Foi realizado o Depósito Legal na Fundação Biblioteca Nacional, de acordo com as Leis nᵒˢ 10.994, de 14/12/2004, e 12.192, de 14/01/2010.

Catalogação na Fonte
Elaborado por: Josefina A. S. Guedes
Bibliotecária CRB 9/870

T814p 2024	Trevisan, Silas Papo de poeta / Silas Trevisan. – 1. ed. – Curitiba: Appris, 2024. 190 p. : il. ; 23 cm. ISBN 978-65-250-5612-8 1. Poesia brasileira. 2. Autoajuda. I. Título. CDD – B869.1

Appris
editora

Editora e Livraria Appris Ltda.
Av. Manoel Ribas, 2265 – Mercês
Curitiba/PR – CEP: 80810-002
Tel. (41) 3156 - 4731
www.editoraappris.com.br

Printed in Brazil
Impresso no Brasil

PAPO de POETA

Silas Trevisan

Appris editora

FICHA TÉCNICA

EDITORIAL
Augusto V. de A. Coelho
Sara C. de Andrade Coelho

COMITÊ EDITORIAL
Marli Caetano
Andréa Barbosa Gouveia (UFPR)
Jacques de Lima Ferreira (UP)
Marilda Aparecida Behrens (PUCPR)
Ana El Achkar (UNIVERSO/RJ)
Conrado Moreira Mendes (PUC-MG)
Eliete Correia dos Santos (UEPB)
Fabiano Santos (UERJ/IESP)
Francinete Fernandes de Sousa (UEPB)
Francisco Carlos Duarte (PUCPR)
Francisco de Assis (Fiam-Faam, SP, Brasil)
Juliana Reichert Assunção Tonelli (UEL)
Maria Aparecida Barbosa (USP)
Maria Helena Zamora (PUC-Rio)
Maria Margarida de Andrade (Umack)
Roque Ismael da Costa Güllich (UFFS)
Toni Reis (UFPR)
Valdomiro de Oliveira (UFPR)
Valério Brusamolin (IFPR)

SUPERVISOR DA PRODUÇÃO
Renata Cristina Lopes Miccelli

ASSESSORIA EDITORIAL
Sabrina Costa

REVISÃO
Andrea Bassoto Gatto

PRODUÇÃO EDITORIAL
Sabrina Costa

DIAGRAMAÇÃO
Yaidiris Torres

CAPA
Bianca Silva Semeguini

REVISÃO DE PROVA
William Rodrigues

Dedico este livro a todas as pessoas que passaram pela minha vida e que me influenciaram de alguma forma.

Apresentação

Oi! Eu me chamo Silas! Já fico muito feliz que você tenha se disposto a me conhecer. Sinto lhe dizer que este livro não é totalmente eu, até porque acho difícil sermos 100% nós. Aqui vocês conhecerão o "Silas" que não fala e só observa, a minha versão autorreflexiva e compreensiva, insegura e pura. Aqui não sou totalmente eu, mas tudo o que não falo.

Os que me conhecem, perceberão que sou muito mais do que mostro. Além de positividade e risos aleatórios sem razão alguma, eu sou constante transformação, evoluindo o meu ser a cada momento vivido.

E você que me conhecerá agora e de quem eu já gosto, não me interpretará como um jovem adolescente que está sempre sorrindo e brincando. Você já conhecerá a minha versão que eu não demonstro, e é louco pensar que alguém que eu nunca vi conhecerá meu lado mais íntimo sem nunca nem ter conversado comigo. Se essa é a magia da poesia, então já amei!

E apesar da minha pouca idade, consegui absorver bastante conhecimento dos momentos que vivi. E, aqui, transmito para vocês as minhas experiências e os meus sentimentos de amor e paixão, de confusão e autorreflexão, de sabedorias e dores, as emoções e os seus sabores.

Sumário

1° POEMA - 15/08/2019 15
Minha flor

2° POEMA - 20/08/2019 18
Não tô apaixonado

3° POEMA - 15/09/2019 21
Te entendo

4° POEMA - 23/09/2019 25
Desculpa

5° POEMA - 06/11/2019 27
Obrigado

6° POEMA - 13/11/2019 30
Quanto valeram meus esforços?

7° POEMA - 21/11/2019 33
Desgaste

8° POEMA - 06/12/2019 36
Você!

9° POEMA - 10/12/2019 39
Raiz

10° POEMA - 31/12/2019 41
Mais um ano chega ao fim

11° POEMA - 28/01/2020 45
Minha irmã do peito

12° POEMA - 16/04/2020 48
Amador

13° POEMA - 21/04/2020 51
Jovem madura

14° POEMA - 06/05/2020 54
Pecados da puberdade

15° POEMA - 08/07/2020 57
Por que estou infeliz?

16° POEMA - 09/07/2020 59
Venha me agradecer

17° POEMA - 07/08/2020 62
Metaforando

18° POEMA - 22/08/2020 65
Ódio

19° POEMA - 21/11/2020 68
Garota demais

20° POEMA - 29/11/2020 71
Viciado em digitar

21° POEMA - 02/12/2020 73
Mundo

22º POEMA - 02/02/2021 77
Insegurança

23º POEMA - 24/02/2021 80
Se submeter

24º POEMA - 24/02/2021 82
Sugando energias

25º POEMA - 24/03/2021 84
Ansiedade

26º POEMA - 23/05/2021 86
Pensamentos

27° POEMA - 07/06/2021 89
Abraço

28° POEMA - 07/06/2021 92
Defeitos

29° POEMA - 11/07/2021 95
Traição

30° POEMA - 14/07/2021..98
Você sumiu

31° POEMA - 08/08/2021...101
Carência

32° POEMA - 08/08/2021...104
Defeitos pt. II\

33° POEMA - 14/08/2021...107
Registros fotográficos

34° POEMA - 16/09/2021...110
Tudo é uma fase

35° POEMA - 10/11/2021...113
Angústia

36° POEMA - 14/11/2021...117
Polissemia

37° POEMA - 22/12/2021...120
Desabafo

38° POEMA - 20/01/2022...125
O que ela faz é magia

39° POEMA - 20/01/2022...128
Perdão por ser mau

40° POEMA - 03/02/2022...131
Conversando com meus sentimentos

41° POEMA - 13/03/2022...135
Não saber ser amado

42° POEMA - 13/03/2022...137
Visão sobre o mundo

43° POEMA - 04/07/2022...140
Amor e mágoa

44° POEMA - 04/07/2022...144
Chuva e lágrima

45° POEMA - 04/07/2022...147
Imaturo por se achar maduro

46° POEMA - 2022...150
Altas expectativas

47° POEMA - 2022...153
O que se passa na cabeça dela/e?

48° POEMA - 11/08/2022...156
Forças para quem se dedicar

49° POEMA - 30/08/2022...160
Eu te amava

50° POEMA - 01/09/2022...163
As 50 vezes que me salvei

51° POEMA - 23/09/2022...166
Me deixem descansar

52° POEMA - 24/09/2022...169
Pitica

53° POEMA - 26/10/2022 172
Ansiedade de amar

54° POEMA - 26/10/2022...175
Tentei te ajudar

55° POEMA - 26/10/2022...178
Por que me deu asas?

56° POEMA - 26/10/2022...180
Na rua ouvindo você!

57° POEMA - 29/12/2022...183
Me conter

58° POEMA - 31/12/2022...186
Mais um ano chega ao fim pt. II

ENCERRAMENTO...189

2019

Minha flor

"Oh, minha esplêndida flor!
Não se preocupe com as dificuldades que está passando,
Venho ao final deste dia estressante e cansativo
Te regar com meu amor e carinho.
Até amanhã, minha flor."

1° Poema - 15/08/2019

Minha flor

Bom dia, minha flor!
Flor que brilha perante o caos e cães,
Que brilha perante essa terra árida,
Mantendo suas pétalas bonitas aos olhos,
Mas carregando um fardo sofrimento,
Sofrimento que não se mede.

Boa tarde, minha linda flor!
Como teu sorriso é encantador!
Como consegue se manter firme
Nessa terra seca de bons sentimentos
E sem demonstrar dor?

Boa noite, minha maravilhosa linda flor!
Como o dia foi difícil, né?
Ter que suportar esse sol que te traz o sofrimento,
Que fere a sua raiz e os seus sentimentos.

Oh, minha esplêndida flor!
Não se preocupe com as dificuldades que está passando.
Venho, ao final desse dia estressante e cansativo,
Te regar com meu amor e carinho.
Até amanhã, minha flor.

O primeiro poema, esse maldito/bendito poema, foi onde toda a cascata de vivências começou. Eu já vivia antes de escrever esses versos, mas foi a primeira vez que eu renasci! Sempre fui muito carinhoso e amante, e como prova disso escrevi sobre o meu primeiro amor para uma garota que, naquele momento, acreditava ser a ideal. A paixão era tanta que tive motivação suficiente para escrever esse poema em pouquíssimos minutos. Por metáforas eu descrevi as dificuldades dela em lidar com os desafios diários, sempre a ajudando a suportar toda dor e acompanhando-a para lhe dar o meu amor.

Não tô apaixonado

"Que você pode morar na outra rua,
Mas se quiser se mudar,
Pode morar no meu coração,
Mas eu não tô apaixonado!"

2° Poema - 20/08/2019

Não tô apaixonado

Oi, minha querida!
Queria dizer que
Eu penso em você todos os dias,
Mas eu não tô apaixonado!

Eu me lembro do seu sorriso todos os dias,
Mas eu não tô apaixonado!
Quero te abraçar todos os dias,
Mas eu não tô apaixonado!

Oi de novo!
Queria dizer que
Você não sai da minha cabeça
Em nenhum momento,
Mas eu não tô apaixonado!

Que antes de dormir
Recrio o mesmo clima
Do dia que você veio aqui,
Mas eu não tô apaixonado!

Que você pode morar na outra rua,
Mas se quiser se mudar,
Pode morar no meu coração,
Mas eu não tô apaixonado!

Oi! Esta é a última vez!
Queria dizer que eu sinto sua falta,
Mas eu não tô apaixonado!

Que quero te beijar a todo o momento,
Mas eu não tô apaixonado!

Que amo quando fala que
Gosta de conversar comigo,
Mas eu não tô apaixonado!

Sabe, não dá mais pra esconder,
Quanto mais eu escondo,
Mas eu amo,
Quanto mais o tempo passa,
Mas eu te quero.
Agora não dá pra esconder,
Eu tô apaixonado por você!

Com o passar do tempo ficamos cada vez mais próximos e é natural que qualquer sentimento aprofunde-se, e foi o que aconteceu com o amor que eu sentia por ela. Naquele momento era difícil manter-me são. Eu parecia um maluco que só queria beijá-la o tempo todo, e quanto mais eu guardava o que sentia por ela, mais aquilo crescia dentro de mim. O jeito de externar isso e de me convencer de que eu não estava apaixonado por ela foi escrevendo, mas, no fim, não consegui mais mentir para mim mesmo.

Te entendo

"O que lhe causa confusão?
Seria a nossa situação?
O seu fim tão próximo
E nós (tão) próximos um do outro."

3° Poema - 15/09/2019

Te entendo

O que lhe causa confusão?
Seria a nossa situação?
O seu fim tão próximo
E nós (tão) próximos um do outro.

Desculpe-me,
Desculpe-me se te trato com muito amor.
É que tenho muito amor guardado,
E só estou te dando os poucos que transbordam.
Talvez eu seja um pouco insuportável.
Acho que é porque ninguém nunca suportou tanto carinho.

Talvez eu te entenda mais do que você mesma
E isso me deixa mais preocupado.
Tá difícil passar em frente à sua casa
E não imaginar nós dois abraçados.
Se for pra eu te ajudar a retomar o passado
Vai ser assim, ele chega e eu parto.

Você sabe o quanto eu te quero comigo.
Eu fico sorridente quando vejo o seu sorriso.
Você se tornou o meu abrigo,
Deixei minha marra de bandido,
Porque fiquei amarradão em você.

É fabuloso a maneira como me encanta

Com suas danças sem jeito,
Com o rosto sendo encoberto pelo cabelo,
E, de fim, um sorriso perfeito.

Talvez eu estrague tudo.
Normal, tô acostumado a fazer isso.
Talvez isso até dê certo e, no fim,
Você namore comigo.

O primeiro relato de que já não estava mais dando certo... Ela estava tentando superar o fim de um relacionamento e eu cheguei na intenção de ajudá-la, mas como nós dois ainda éramos muito imaturos, acabei me apegando demais a alguém que ainda tinha apego por outro. "Deixei minha marra de bandido" é uma das nossas piadas internas... Eu sou branco, meio anêmico e com cara de criança, jamais seria confundido com um bandido, e nós brincávamos com isso, de como eu seria caso fosse um. Naquele momento era legal... Todas as brincadeiras na hora são.

Eu não consigo esquecer do momento em que mostrei esse poema para ela (cinco dias após escrevê-lo): nós estávamos na frente de um colégio militar, madrugando na fila, junto à irmã dela, que estava esperando o colégio abrir para se inscrever em alguns cursos gratuitos do governo.

Eu tinha sido recém-contratado como Menor Aprendiz (mais precisamente, nove dias antes) e estava indo de manhã para a empresa para receber o treinamento da equipe. Após o expediente, como de costume, já ia para a casa dela, que ficava perto da minha. Nesse mesmo dia, a minha mãe estava viajando e a minha irmã tinha ido dormir na casa da minha tia, ou seja, eu ficaria sozinho em casa. Então tive a brilhante ideia de amor e de carinho, de passar a madrugada com ela e sua irmã.

Eu passei o dia e a madrugada com ela, e é dessa madrugada de que eu não me esqueço... Chegando as altas horas, após eu ter comentado que tinha escrito outro poema, ela insistiu para que eu lhe mostrasse, e assim eu fiz, por "livre e espontânea pressão". Após mostrar-lhe, sem hesitar ela me disse que era o melhor poema que eu já havia escrito. De alguma forma foi marcante para ela. Conversamos sobre o que se tratava a nossa relação e sinceramente não me lembro como finalizou.

O que me marcou foi que naquele momento, naquela madrugada, eu fui amado! Por eu nunca ter sentido essa sensação, somente aquele instante foi-me suficiente (sempre me contentei com pouco), fazendo-me esquecer das dores que ela me causava. Fiquei ao lado dela até o amanhecer, deixei-a em casa às 5h, fui dormir às 6h, fechando vinte e cinco horas acordado. Estava extremamente cansado, mas a sensação de receber (migalhas de) amor manteve-me forte para aguentar.

Desculpa

"Não estou vazio,
Mas sem você,
Me sinto incompleto."

4° Poema - 23/09/2019

Desculpa

Desculpe a minha hipocrisia
De ficar tão preocupado com você
E eu não querer
Que se preocupe comigo.

Desculpe as paranoias.
Eu sou forte,
Mas contra elas
Não tem como vencer.

Não estou vazio,
Mas sem você,
Me sinto incompleto.

Após uma conversa nossa ela me pediu para que parasse de me preocupar com ela. Eu já tinha noção de que não estava me fazendo bem e sua indecisão só me machucava, pois ela ainda me queria por perto...

Obrigado

"Muito obrigado!
Obrigado pelos sorrisos,
Por clarear meus dias sombrios,
Por ser a minha sombra
Em dias de sol ardente."

5° Poema - 06/11/2019

Obrigado

Muito obrigado!
Obrigado pelos sorrisos,
Por clarear meus dias sombrios,
Por ser a minha sombra
Em dias de sol ardente.

Obrigado pelas brincadeiras,
Por ser o meu refúgio.
Quando estamos juntos,
As horas passam
E nem lembramos do relógio.
Obrigado por ser a minha razão para a vida.

Obrigado pelo carinho,
Mesmo com as diversidades.
Vivemos em um carrinho
que só anda a caminho
Da verdadeira felicidade.

Já pedi muitas desculpas,
E com esse poema
Agora venho a agradecer
Por você, os meus dias,
De felicidades enriquecer.

Meses depois, quando eu voltava para casa após ela decidir afastar-se, parei em frente à casa dela para comprar um dindin (mesmo que sacolé, chopp ou geladinho). Ela me chamou para conversarmos dentro da casa dela e permitiu-me saborear seus lábios pela última vez (nesse momento senti que não era somente eu que tinha saudade). Após chegar em casa, rapidamente abri o bloco de notas do celular e escrevi esse poema para agradecê-la pelos momentos felizes que ela me proporcionou.

Quanto valeram meus esforços?

"Somos como engrenagens,
Que após usadas e desgastadas
São descartadas e trocadas
Por novas engrenagens que,
Nos farão se sentir melhor."

6° Poema - 13/11/2019

Quanto valeram meus esforços?

Sou um anjo
Com as asas cortadas
Pela mesma pessoa que as deu.
E sem poder voar
Permaneço preso neste mundo,
Onde todos os dias
A minha cabeça,
Tende a se atordoar.

Poemas são sentimentos,
Uso metáforas para descrever
As dores no meu peito,
Este peito que
Nunca se viu tão despedaçado.

Saudade de sorrir por felicidade
E não por educação.
Saudade de acordar feliz
E não com desejo de voltar a dormir.
Saudade de andar dançando
E não andar cabisbaixo.

Essas dores são momentâneas,
Mas todos os meus esforços,
Será que já foram esquecidos?
Todo o amor, carinho e atenção,

Já se foi alterado
Por um que lhe agrade mais?

Somos como engrenagens,
Que após usadas e desgastadas
São descartadas e trocadas
Por novas engrenagens que,
Nos farão se sentir melhor.

Mas já parou para pensar
Nos bons momentos,
Que aquela simples engrenagem
Lhe fez passar por onde andava?
Ou ela foi só mais uma peça
Que foi facilmente substituída e esquecida?

A dor de um amor não correspondido é gigantesca, mas acho que a dor maior nem seja não ser correspondido, mas de a pessoa não fazer mais parte da sua vida.

Ela tinha algumas fragilidades emocionais, sempre foi muito dependente emocionalmente de alguém, e quando eu já não fazia mais parte da vida dela, procurava preencher esse vazio nela em outro alguém, seguindo o ciclo de relacionamentos frustrados por não se conhecer e reconhecer a si própria.

E quanto valeram os meus esforços? Lutei, desgastei-me e dediquei-me por ela para, no fim, ela continuar não se conhecendo e procurando se "encontrar" em outro alguém.

Desgaste

"Essa rotina foi escolha minha
E não desejo abandoná-la,
Mas todas as forças que usei,
Todos os esforços que fiz
Só para que você me amasse,
Tô tão desgastado que me encontro
Em um estado de desgosto comigo mesmo."

7° Poema - 21/11/2019

Desgaste

Treino, trabalho, escola,
Família, amigos, cansaço,
Chega ao fim do dia,
Mais um dia com a mesma rotina.

Treinando estou feliz,
Rodeado de pessoas sonhadoras.
Ninguém é igual a mim,
Mas todos com sonhos iguais.

Trabalhando estou sempre sorrindo,
Não sei como eu consigo,
Mas lá é tão fácil, tão fácil,
Tão fácil usar uma máscara
Que desfaça minha tristeza e cansaço.

Estudando para terminar logo,
Acabar rápido com essa fase.
Já é perto de o dia acabar
E mais um dia eu me acabo,
Chegando perto da sua casa
As minhas pernas gelam,
Igual ao seu coração.

Família unida por um aplicativo,
Mas pessoalmente é tão diferente,

Tantas intrigas e falsidades,
Na real, nem tenho tempo,
Sem tempo pra me preocupar com isso.
Dos amigos sinto falta,
Falta de ver as mesmas caras,
Todo dia, independentemente do momento,
Era tão fácil dar um sorriso verdadeiro.

O cansaço físico,
Minha fiel companhia no dia a dia,
E o cansaço mental,
Ela quem me traz a sensação de que
Eu dominei, com excelência, a solidão.

Essa rotina foi escolha minha
E não desejo abandoná-la,
Mas todas as forças que usei,
Todos os esforços que fiz
Só para que você me amasse,
Tô tão desgastado que me encontro
Em um estado de desgosto comigo mesmo.

Em 2019, eu mudei de escola, pois queria trabalhar. Em março houve uma mudança de planos e comecei a treinar na Escolinha de Futebol do Flamengo, em Manaus, e consegui arrumar um emprego somente em setembro. Eu lembro de implorar e pedir chorando aos meus pais que não me tirassem da escolinha. Pedi tanto que eles me permitiram viver a rotina de treinar de manhã, trabalhar à tarde e estudar à noite.

Parecia loucura (e é para qualquer pessoa normal), mas para mim isso foi a minha salvação. Era extremamente cansativo, mas o cansaço físico desviava o foco do desgaste emocional que eu sentia. Da minha casa até a parada de ônibus mais próxima era necessário passar em frente à casa dela, e todo dia a mesma rotina, o mesmo trajeto, o mesmo cansaço... e o mesmo aperto no peito quando ali passava.

Você!

"Durante a fase ruim
A quem você procura ajuda?
Quem te consola?
Quem te faz sentir vivo?
Quem te protege de você mesmo?"

8° Poema - 06/12/2019

Você!

Você se conhece?
Sabe o que já fez
E o que é capaz de fazer?

Você sabe o que já passou
E imagina o que está por vir?
Sabe suas características?
Pontos positivos e negativos?

Em uma tempestade
Você tem medo dos trovões
Ou se acalma com o som da chuva?

E quando a tempestade é em você,
Tem medo dos teus pensamentos?
Consegue ficar calmo durante a chuva,
Essa chuva que bagunça todo o seu ser?

Você sabe o que é capaz de fazer?
Tanto nos bons momentos
Quanto nas tempestades?

Durante a fase ruim
A quem você procura ajuda?
Quem te consola?
Quem te faz sentir vivo?
Quem te protege de você mesmo?

O quanto você se conhece? O quão profundo você já foi em si? Para mim, esses são questionamentos retóricos, pois mesmo que você pense que se conhece, sempre haverá um momento em que perceberá que pode fazer o que nem imaginou. Escrevi esse poema enquanto lutava contra a ideia de cometer suicídio, algo que jamais imaginei ter a capacidade de fazer, mas estava disposto e decidido a simplesmente me executar.

O cansaço extremo, o desgaste físico, eram secundários. O inimigo maior era quem eu ainda não conhecia bem: minha própria mente. É loucura imaginar que para mim era tão fácil manter um sorriso no rosto tendo em meus pensamentos o desejo, a motivação e a disposição de acabar com minha própria existência. Esta deve ser a vontade de qualquer pessoa num momento de fraqueza: sumir da face da Terra...

Aguentar os sussurros de seus pesadelos estando acordado é extremamente difícil, e quando você se dispõe a ouvi-los... É aí que eu me questiono: quem te protege de você mesmo?

Raiz

"Eu me diminuí
Para ser o seu apoio até o topo,
Mas foram tantas as vezes que me rebaixei
Que agora é difícil me levantar."

9° Poema - 10/12/2019

Raiz

Como pode nesse quarto tão pequeno
Se habitar tanta solidão?
E nesta cama pequena
Minhas dores se tornam meu problema.

"Só quem tem raiz
Suporta o que eu suportei,
Só quem tem raiz
Aguenta chorar o que eu chorei".

Essas dores são passageiras
E andam por mim
Sem um destino final,
Rabiscando em minhas memórias
Aquilo que por instantes já foi meu,
Esse seu rosto angelical!

Eu me diminuí
Para ser o seu apoio até o topo,
Mas foram tantas as vezes que me rebaixei
Que agora é difícil me levantar.

É tão difícil chegar em casa e ter que suportar o silêncio do quarto com as lembranças gritantes de nós dois na cabeça. Eu queria me desligar, parar meu cérebro e retornar só quando tudo isso passasse, quando eu já não estivesse pensando em você, quando eu já não me sentisse mais mal ao te ver na rua, quando minhas raízes já estivessem firmes para saber lidar com tudo isso.

Mais um ano chega ao fim

"É incrível como que em 12 meses
Acontecem tantos "vem e vão",
Tantos motivos para sorrir,
Tantos esforços em vão."

10° Poema - 31/12/2019

Mais um ano chega ao fim

Mais um ano chega ao fim,
Repleto de muitos sentimentos,
Tristezas, felicidades, mágoas, enfim.

No decorrer do ano
Você lembra o que fez de importante?
Em cada dia do mês em diante?

É incrível como que em 12 meses
Acontecem tantos "vem e vão",
Tantos motivos para sorrir,
Tantos esforços em vão.

Em um ano
Quantos saíram do seu lado?
Quantos entraram?
E os que entraram ainda lhe acompanham?

Não sou a mesma pessoa de 12 meses atrás,
E o certo é não se reconhecer,
Olhar para trás e se orgulhar
Da pessoa que começou a ser.

Por que a distância distancia a força de uma amizade?
Pessoas acostumadas a se verem diariamente
Que agora no fim do ano

Um contato visual é possível raramente.

Eu comecei o ano com muitos ao meu lado
E depositei minha confiança neles,
Imaginando que mesmo com a distância,
Quando nos reencontrássemos nada teria mudado,
Mas, infelizmente, de mim não têm lembrado.

É foda você saber suas qualidades e seus defeitos,
E mesmo assim se sentir inseguro,
Com medo de que a qualquer momento
Alguém vai sair pela porta e dizer:
"Só lamento".

Poema escrito minutos antes de eu derramar algumas lágrimas na tela do celular... Após enxugá-las e fingir que estava tudo bem, saí do quarto e fui com minha família acompanhar os fogos de artifício da virada de ano na ponte do Rio Negro. Já parou para pensar todas as emoções que você sentiu em um ano? Agora deixando as tristezas, quantas vezes você foi plenamente feliz? Se a quantidade de memórias boas for menor do que as ruins, então (in)felizmente você precisa permitir-se a certas mudanças.

Um novo ano começa, um novo ciclo de doze meses faz-se disponível para novas experiências. Infelizmente, aos ignorantes e intoleráveis mudar pode parecer uma utopia, e eu ainda desejo muito entender seu medo de mudanças.

Já aos dispostos às mudanças, felizmente terão mais uma oportunidade de serem melhores do que já foram, não se esquecendo os erros do passado e aprendendo com eles no futuro, pois somos consequências de nossas vivências, e quando mais um ano chega ao fim, podemos olhar para ele e refletir sobre o que fizemos e pensar: quão bom foi esse ano para mim?

2020

Minha irmã do peito

"A questão que deixamos aos outros é:
Como duas pessoas tão distintas
Se completam e ajudam um ao outro
A se sentir completo sozinho?!"

11° Poema - 28/01/2020

Minha irmã do peito

O que você classifica como amizade?
Seria uma combinação de ideias,
Gostos, companheirismo e felicidade?

Hoje é um dia especial.
Na real, é só um dia comum,
Mas para mim
É o nascimento de mais uma razão
Para me manter vivo neste mundo impassional.

A questão que deixamos aos outros é:
Como duas pessoas tão distintas
Se completam e ajudam um ao outro
A se sentir completo sozinho?!

Já foram tantos sorrisos duplos,
Tantos choros separados,
Vários áudios ilúcidos.
Como dizia o nosso ditado:
"Na merda, porém juntos".

Acho que isso é a verdadeira amizade,
É estar ao lado de alguém
No momento em que, com você,
Não há mais ninguém.

Obrigado por se matricular naquele curso.
Sem isso a minha vida seria diferente,
Não teria alguém para me guiar
Em qual caminho eu curso.

Sua personalidade forte é admirável,
Nunca demonstra fraqueza
Mesmo com o coração bastante abalado.
Muito criativa e interativa,
É uma "solucionadora" de problemas, fácil, fácil.

Venho agradecer novamente.
Provavelmente, sem você
Minha vida seria bem diferente,
Talvez não seria essa pessoa tão consciente
E, possivelmente,
Não estaria mais aqui
Para lhe escrever este poema
E expressar todo o amor e toda a gratidão
Que tenho por ti!

Feliz aniversário, Liara ♥

Minha grande amiga, minha irmã de outra barriga. Sinceramente, é surpreendente como nós dois, que somos pessoas que compartilham de pensamentos totalmente contrários, com o tempo tornamo-nos tão próximos. Obrigado por ouvir meu desespero nos momentos de inquietação. Obrigado por ser companheira quando estive em depressão. Posso dizer que foi você quem me fez sorrir quando eu já não enxergava mais luz em mim, fazendo-me desistir da ideia de conhecer a morte. Obrigado por abrir meus olhos e fazer-me enxergar a luz novamente.

Amador

"Dizem que a paixão é frescura,
Mentira pura! Pois percebi que
Atrás dos seus óculos
Encontrei minha cura."

12° Poema - 16/04/2020

Amador

Dizem que a paixão é frescura,
Mentira pura! Pois percebi que
Atrás dos seus óculos
Encontrei minha cura.

Beijos são tão sensíveis,
Risos são tão eletrizantes,
Uivos são um belo chamado,
Normalidade não existe nos humanos.
Amor é o sonho dos mal amados.

Esse seu sorriso doce
Neste mundo impassional
É uma estrela sem close,
Ele tira de mim todo o mal.

Karma ataca os impiedosos,
Enigmas satisfazem os complexos,
Mentiras são o prazer dos cínicos,
Igualdade, hoje, não se vê entre os sexos,
Loucos são reféns de micos,
Louvor de infiéis nos deixam perplexos,
Yanomamis ainda assustam os ricos.

Com a minha dedicação e suor
Visitamos um lugar de cheiro animador,

Pipocas pulando, pessoas agitando,
E entre nós, no ar, um cheiro de amor.

Avarentos acabam com o planeta,
Incompreensão mata toda uma nação,
Sua saudade cabe em uma gaveta?
Hipócrita precisa ver os dois lados da caneta,
Amadores continuam mesmo sem razão.

Pode parecer meio sem nexo e conexão esse poema, mas ele tem um "easter egg". Fiz esse poema para as três garotas que já amei na minha vida e escrevi seus nomes escondido entre as linhas.

Vou explicar como esse poema foi construído: fiz uma estrofe falando sobre um ponto específico que passei com cada uma, e na estrofe seguinte a inicial de cada verso releva o nome da garota a quem foi dedicada a estrofe anterior.

Jovem madura

"Que datas não definam o que sentimos,
Que esse afeto seja por todos nós sentido,
Apurando todos os nossos sentidos."

13° Poema - 21/04/2020

Jovem madura

Entre lágrimas e dores,
Muito suor e falsos rumores
Especulando o seu fim.

Com dois filhos pequenos
Ainda tão ingênuos,
Não sabiam o que ainda estava por vir.

Desde a sua juventude.
De maus-tratos não pode
Ao menos revidar,
E com cicatrizes no peito
Nunca desistiu de aos seus filhos dar um lar.

Tão nova e já sabia como no mundo se virar,
Trocando de casas,
Abusos e palavras
Que frequentemente tinha que aguentar.

Com dois filhos, ainda tão novinha,
Encarando preconceitos que a sociedade tinha,
Sem abaixar a cabeça pra falsos moralistas,
Que só a viam como mais uma em suas listas.

Nunca deixou faltar comida e amor,
Suportando tudo sem nenhum rancor,

Sua saúde ignorada, pondo-se em risco
Pra que seus filhos recebessem um pouco de calor.

Que datas não definam o que sentimos,
Que esse afeto seja por todos nós sentido,
Apurando todos os nossos sentidos.

Palavras não são suficientes para descrever
A gratidão que tive, tenho e vou ter
À minha mãe em me ensinar a ser um novo ser.

Feliz aniversário, Mãe ♥

Para uma mulher que se tornou mãe tão cedo, com o constante medo e dúvidas sobre como criaria duas vidas ainda sem ter a sua já desenvolvida. Ouvindo suas histórias eu entendo o valor do amor entre mãe e filhos. Você criou a mim e a minha irmã basicamente sozinha, pois quando ainda éramos pequenos o nosso pai faleceu, e mais uma vez a senhora foi obrigada a ser mais forte do que já era. E digo que conseguiu! Mesmo tendo se atrasado nos estudos por ter sido mãe cedo, hoje a senhora é uma referência de dedicação e foco nos objetivos, pois mesmo com tantas adversidades, hoje a senhora é formada e pós-graduada.

Eu poderia usar todas as palavras bonitas existentes no dicionário para falar sobre a senhora, Mãe, mas não consigo descrever a gratidão à pessoa que me deu a vida. Esse poema foi uma tentativa de retribuir o amor e o carinho que a senhora me deu e dá. Espero que ame essa homenagem da mesma forma que eu a amo.

Pecados da puberdade

"Impressionado fico com a ganância humana,
No desejo cego de ter o que não lhe pertence,
Visando ao que não consegue conquistar
E desejando o fim de quem o possui,
Já não se satisfaz com o que tem
A ponto de fazer o mal a quem não é mau."

14° Poema - 06/05/2020

Pecados da puberdade

O amor próprio é importante.
Ruim é quando o amor sobe à cabeça,
Gozam dos outros para se enaltecerem,
Usando seu "amor próprio" para se sustentarem.
Lindas memórias abandonadas pela soberba,
Humildade é esquecida, assim como o perdão,
E seu medo precisa ser confrontado.

Visualizações se tornaram o foco,
A aparência importa mais do que a sua essência,
Identidades falsas matam o seu caráter.
Desliguem suas telas e observem as velas.
A vida precisa ser mais vivida e menos postada.
Dentro de uma tela se esconde a faixada,
E seu vício por exibição vai te levar à escuridão.

Observo calado a discórdia,
Delinquentes sem amor e atenção,
Indiretas jogadas como granadas,
O foco é do outro a destruição.

Gorduras saturadas os satisfazem,
Usufruindo do além ao que lhe cabem,
Lamentando o que no prato não cabe,
Adoçando suas vidas sem sabor.

Impressionado fico com a ganância humana,
No desejo cego de ter o que não lhe pertence,
Visando ao que não consegue conquistar
E desejando o fim de quem o possui,
Já não se satisfaz com o que tem
A ponto de fazer o mal a quem não é mau.

A temática do poema é falar sobre os pecados que observei nos jovens. Cada estrofe fala de um pecado e as letras iniciais de cada verso delas revela qual é o pecado citado.

Esse foi o primeiro que escrevi sem falar diretamente sobre mim. Mesmo assim eu pus muito sentimento nesse poema. E esse foi o segundo que escrevi com a temática de "easter egg" e, sinceramente, considero que está infinitamente melhor do que o primeiro.

A primeira vez que escrevi esse poema não tinha o último pecado. Eu pedi a opinião de um amigo e ele me perguntou se eu conseguiria falar sobre a inveja. Três minutos depois nasceu a última estrofe, que, honestamente, é a minha favorita.

Por que estou infeliz?

"Só queria você aqui comigo,
Mas ainda não consigo dizer,
Neste meu mundo perdido,
Quem, de fato, é você."

15° Poema - 08/07/2020

Por que estou infeliz?

Como assim não sou feliz?
Tenho uma boa casa para dormir,
Uma família pra me amar,
Um computador pra me divertir,
Amigos para me alegrar.

A inteligência é complexa,
O seu excesso lhe entristece
E sem ela você é alegre.
Parece até sem nexo.

Desse pecado, alguém me julgue,
Dessa sede, alguém me molhe,
Desse desejo, alguém me sacie,
Desse medo, alguém me ajude.

Só queria você aqui comigo,
Mas ainda não consigo dizer,
Neste meu mundo perdido,
Quem, de fato, é você.

É muito difícil explicar algo que eu não sei o que é. Por que me sinto infeliz? Por que ando tão reflexivo? Por que não consigo parar de me fazer vários porquês? Se esses questionamentos forem um processo de amadurecimento e autoconhecimento, digo, pela minha experiência, que é mais exaustivo do que imaginei. Sinto que algo ou alguém está faltando, mas ainda não consegui identificar, e isso me gera tanta agonia.

Venha me agradecer

"Quando você aparece
Eu nem sei o que fazer,
Pareço um desesperado que
Só quer desaparecer."

16° Poema - 09/07/2020

Venha me agradecer

Quando você aparece
Eu nem sei o que fazer,
Pareço um desesperado que
Só quer desaparecer.

Na real, só queria que você
Parasse pra reconhecer
Seus atos comigo e
Finalmente perceber
Que tudo que eu fiz
Foi para te enaltecer.

E até hoje espero que
Venha me agradecer
Por eu lhe ter
Motivado a querer viver.

Mesmo sem contato
Eu cumpro o meu trato.
Bem, quase um contrato,
De te desejar o bem de fato.

Depois de todo esse tempo, quando te encontro pelas ruas ou quando passo em frente à sua casa, o meu peito aperta e vem aquele pico de tristeza por não termos mais qualquer tipo de contato. Até quando nos encontramos na rua você, arrogantemente, atravessa a calçada só para não chegarmos nem a nos esbarrar.

Por que age dessa forma com alguém que tentou de todas as formas te motivar a não tirar a própria vida? Eu estava junto a você quando ele te deixou de lado, eu enxuguei as suas lágrimas quando ele te fez chorar, eu te consolei quando ele te humilhou, eu estava ali, para você, quando com você já não tinha mais ninguém. Então por que não vem ao menos me agradecer?

Metaforando

"Eu mudei meu pensamento,
A escuridão da caverna me dava medo.
Agora, no clarear do mundo,
Me sinto muito perdido."

17° Poema - 07/08/2020

Metaforando

Eu mudei meu pensamento,
A escuridão da caverna me dava medo.
Agora, no clarear do mundo,
Me sinto muito perdido.

A curiosidade nem sempre mata,
Mas, na maioria, sempre dói,
Esses pensamentos são uma praga
Que vêm de dentro e te destrói.

Privados da visão são mais premiados
Que seres com suas mentes na prisão.
Tudo parece bem ao olhar para os lados,
Mas quem sabe o que tem atrás da televisão?!
Um mundo novo ou só outra ilusão?

A liberdade não existe,
Apenas exceções restam
Para quem persiste.
A ignorância é deplorável,
Mas a autoconsciência é triste.

Liberte-se da correnteza,
Se oponha à realeza,
Questione suas origens,
Não se rebaixe a essas marquises,

E no fim se suicide
Por não suportar todo o saber.

Qual é o preço a se pagar pela consciência de sua existência? Eu me dispus a ser uma pessoa mais consciente e madura, e esse processo de questionamentos é algo irreversível, pois quanto mais você descobre de si mesmo, mais entende que não sabe nada sobre você, e não há como parar porque não se desliga o cérebro. Ele continua, e continua, e continua bombardeando com inúmeros questionamentos e conspirações sobre tudo ao seu redor e sobre si, com perguntas sobre suas reações a certas atitudes e do que você é capaz de fazer.

Dessa forma, com todas as informações que a mente não para de mandar, eu percebi que apenas um ser é capaz de destruí-lo até as ruinas ou guiá-lo ao ápice de sua vida: você mesmo!

Ódio

"Todo esse ódio,
Fúria, raiva, rancor,
Escondidos num coração sofredor,
Amargurado com o meu passado
E com o que tenho passado."

18° Poema - 22/08/2020

Ódio

Ódio, eu sinto ódio
Das coisas que dão errado,
De tudo que não pode ser mudado.

Ódio, eu sinto ódio
Do que não fica ao meu controle,
Do que eu já perdi o controle.

Ódio, eu sinto ódio
Do que não sei,
Do que acabei de descobrir.

Ódio, eu sinto ódio
Do que não conquistei,
Do que não vou conquistar.

Todo esse ódio,
Fúria, raiva, rancor,
Escondidos num coração sofredor,
Amargurado com o meu passado
E com o que tenho passado.

Na véspera do meu aniversário, escrevendo esse poema dentro do carro, estacionado no supermercado, aguardando minha mãe voltar, coloquei para fora essa vontade de gritar de raiva por causa da minha ansiedade para que tudo dê certo, de querer saber de tudo e sofrer por ter descoberto algo que seria melhor não saber, a raiva do que não consigo nem vou conseguir alcançar. Todos esses sentimentos negativos originados do meu medo de fracassar e de ser abandonado.

Garota demais

"Garota, você é demais!
Isso nem preciso dizer.
O que seria de mim anos atrás
Se eu não tivesse você?"

19° Poema - 21/11/2020

Garota demais

Garota eu te amo demais,
Não posso arriscar te perder.
Sei que isso já não dá mais,
O que sinto não dá pra esconder.

Já se foram muitas histórias,
Muitos resultados de incógnitas,
Carinhos trocados,
Amores traslados.

Na tua ausência eu te amo,
Na tua presença eu te idolatro,
Juro que não tô brincando,
Mas escondo isso num rosto simpático.

Garota, você é demais!
Isso nem preciso dizer.
O que seria de mim anos atrás
Se eu não tivesse você?

Como diferenciar amizade de paixão? Somos melhores amigos, onde íamos o comentário era sempre o mesmo, de que éramos um casal, porém, na real, não era nem chegou a ser algo desse tipo, eu a considerava minha irmã do coração. Mas sabe o ditado "Uma mentira contada várias vezes se torna uma verdade"?

E de tanto repetirem entrou na minha cabeça a ideia de que você gostava de mim. Eu a amo demais e sei que você também me ama, e temos que concordar que ambos têm o mesmo tipo de amor: o de uma amizade!

Quando você não estava por perto eu morria de saudade e ficava nos imaginando como sempre fomos, sorridentes e felizes, porém quando você estava ao meu lado eu tinha esse mesmo sentimento, só que já não sentia a paixão. Era estranho, mas eu concordava com aquele pensamento, pois eu gostava muito da sua amizade e não queria arriscar perdê-la pela influência dos comentários de terceiros.

Eu não percebia interesse vindo de você, mas você nunca foi muito de demonstrar muita coisa, então isso me deixava com a "pulga atrás da orelha". Só que você não é, em nenhum aspecto, o estilo de garota que me atrai. Porém, por eu nunca ter tido uma pessoa especial, e tê-la como alguém que eu conhecia tão bem como a palma da minha mão, assim como você me conhecia da mesma forma, me fazia pensar de que poderíamos ter um relacionamento juntos.

Para todas as pessoas a quem eu mostrei esse poema, peço desculpas por ter mentido a vocês dizendo que ele não era dedicado a alguém, que era somente um teste de escrita. E não, eu não estou apaixonado por você, minha melhor amiga. Digamos que apenas ouvi demais a quem não deveria ter ouvido.

E sempre compartilhei todos os meus poemas com você. Este era o único que você não sabia. Bom… Agora sabe.

Viciado em digitar

"Me chamam de louco
No mundo onde ninguém é normal,
Reclamam do muito que tá pouco,
E se você não tem, aí não é legal."

20° Poema - 29/11/2020

Viciado em digitar

Eu não caneto, só digito.
Tô viciado em digitar,
Escrevendo loucuras
Que a boca não consegue falar.

Eu não falo sobre mim!
É muito fácil falar de você,
O difícil é agir
E fazer o que acabou de dizer!

A ignorância é o câncer
Que mais vejo nesses influencers.
Querem opinar sobre tudo
E não se responsabilizam por nada.

Me chamam de louco
No mundo onde ninguém é normal,
Reclamam do muito que tá pouco,
E se você não tem, aí não é legal.

Uma vez minha tia me perguntou por que eu não escrevo num caderno meus poemas e rabiscos, pois assim eu teria um registro físico para mostrar depois, quando eu alcançasse o sucesso. Foi aí que respondi que preferiria digitar, pois tenho mais controle do que faço, tenho mais facilidade para checar informações. O problema é que eu perco o foco facilmente. Inclusive, eu já parei esse texto quatro vezes para ficar perdendo tempo no Instagram.

Mundo

"Olham pra mim como nunca viram,
Eu olho o mundo como nunca vi,
O mundo nos olha como nunca viu,
E nunca houve uma visão igual."

21° Poema - 02/12/2020

Mundo

Olham pra mim como nunca viram,
Eu olho o mundo como nunca vi,
O mundo nos olha como nunca viu,
E nunca houve uma visão igual.

Os direitos não estão certos,
A esquerda e a direita não são só direções,
Fazer o direito nem sempre é o certo
E a certeza é um caminho incerto.

Ó chuva! Somos belos companheiros.
Enquanto você chora gotas,
Eu derramo rios.
Faz de tuas nuvens, goteiras
E faço dos meus olhos, cachoeiras.

O que eu faço ajuda as pessoas?
Nem reconheço o que estou fazendo.
Será que sigo nesse caminho?
Nem sei qual caminho estou seguindo.

Eu desabafo nas linhas,
Para não morrer nos vinhos,
E presos nessas vinhas
Me alimento de pinhos.

Sem inspiração para buscar inspirações,
Sem vontade de procurar desejo,
Sem paixão para amar,
Sem pensamentos para escrever o que penso.

Fico constantemente pensando sobre como nossas ações influenciam o mundo e tenho como definição de que cada pessoa é um mundo, seu próprio universo com histórias, vidas e incógnitas. A interação com outros mundos é muito intrigante, pois cada um tem seu próprio ponto de vista e defender ideais diferentes não significa que um esteja errado e o outro certo, mas que existe mais de uma perspectiva sobre um assunto.

Essa confusão atordoa muito a minha mente. Tento entender tudo e todos os pontos de vista, absorver todas as informações enquanto me questiono sobre o que fazer no futuro. Hoje faz muito sentido para mim a frase: "Pensar é a doença dos sábios".

2021

Insegurança

"Por que comigo não se envolve?
Preciso de um amor que me renove,
Fazer valer as penas sofridas
De um pássaro com muitas feridas."

22º Poema - 02/02/2021

Insegurança

Como sou tão teimoso,
E ao mesmo tempo medroso,
A insuficiência bate
E a dor no peito arde.

Não quero desperdiçar esforço,
Pois por nós dois eu torço,
E minha dor vai virando arte,
Dor maior que a agulha escarlate.

Por que comigo não se envolve?
Preciso de um amor que me renove,
Fazer valer as penas sofridas
De um pássaro com muitas feridas.

Com teu passado amargurado,
Um tanto mal-amado,
Um pouco traumatizado?
Sim, um pouco sequelado.

Mas como assim, tão de repente?
Seria um amor iminente?
Ou poderia ser mais um aprendizado,
Mais uma dúzia de choros no quarto?

Depois de tanto tempo sem me relacionar com alguém, do nada você aparece, e a nossa química funcionou tão bem que foi como ter descoberto a cura para alguma doença, e a minha era a solidão. Mas depois daquela tentativa de amor fiquei com várias sequelas. Estaria eu muito ansioso para que dessa vez desse certo? Ou que você não desista de mim como já fizeram não sei por qual motivo. O que me faltaria para ser o bastante a você? Essa insegurança perturba-me constantemente e eu só queria você comigo para me curar dessa doença.

Se submeter

"Por que se submeter?
Permanecer no anoitecer,
Partir no amanhecer,
Isso sei lá para quê."

23º Poema - 24/02/2021

Se submeter

Por que se submeter?
Permanecer no anoitecer,
Partir no amanhecer,
Isso sei lá para quê.

Pra aparecer?
Parecer ser alguém que
Quis e não conseguiu ser?

Se arrepender
Por não dizer,
Não conseguiu o que queria fazer.

Tudo isso por quê?
Porque quis se submeter?

Para todas as pessoas que se submetem à posição de amantes, realmente vale a pena submeter-se a isso?

Sugando energias

"Já estava em confronto
Com meus próprios ideais,
Ideias gastas com alguém
Que só sugava minhas energias."

24º Poema - 24/02/2021

Sugando energias

Primeira madrugada juntos,
Primavera talvez,
Confuso por causa dos fusos,
Mas me lembro de tudo que fez.

Meia noite te conto,
Pensando já no encontro
Que essa história precisa de um.

Já estava em confronto
Com meus próprios ideais,
Ideias gastas com alguém
Que só sugava minhas energias.

E no outro dia, já acordado
Vivendo tudo normalmente,
Pensando agora no presente
E tentando não olhar para o passado.

15 de setembro de 2019 já se foi há tanto tempo, mas até hoje essas lembranças trazem-me conteúdo para continuar escrevendo. Só que agora eu vejo a história com uma ótica diferente. E agradeço por terem falhado todas as humilhações a que me submeti para que voltasse comigo, porque hoje vejo o quão maléfica você era para mim.

Entreguei-lhe todas as minhas forças, mas você só sugava as minhas energias, e como forma de retribuição dava-me alguns beijos.

Nossa, como eu me contentava com tão pouco...

Ansiedade

"Sete bilhões de pessoas hoje em dia,
E no meu quarto me escondia
Sozinho, numa cama vazia,
Torturado pela minha própria melancolia."

25º Poema - 24/03/2021

Ansiedade

O cansaço me consome,
A raiva me perturba,
O medo da madruga
E dos erros não se esconde

Não tenho problema com a ansiedade.
Ela que tem um problema comigo.
Esconde a minha felicidade
E faz-me sentir oprimido.

Não gosto de dormir.
Na verdade, refiro-me ao horário,
Momento da ansiedade me consumir.
Isso é chato pra caralho...

Sete bilhões de pessoas hoje em dia,
E no meu quarto me escondia
Sozinho, numa cama vazia,
Torturado pela minha própria melancolia.

Eu quero melhorar, eu quero muito ser melhor, mas como eu faço isso? Eu já não suporto mais essas dúvidas, essas inseguranças, essas inquietações e essas dores no meu peito sufocando-me. Eu não quero ficar sozinho, mas tenho muito medo de ser abandonado, e isso me consome muito.

Pensamentos

"Talvez o valor da vida seja...
Não ultrapassar etapas
E com o tempo realizar o que se almeja."

26º Poema - 23/05/2021

Pensamentos

Não sei o que faria
Se em um dia
Conquistasse tudo o que queria.

Talvez o valor da vida seja...
Não ultrapassar etapas
E com o tempo realizar o que se almeja.

Observo artistas na casa dos vinte
Conquistando tudo que tinham em mente.
Imagino o vazio que dá de repente.
Qual o motivo de seguir em frente?

Dinheiro, luxúria, mulheres e poder,
O que mais poderia querer?

Qual a razão de seguir a vida,
Com vinte anos, sensação de missão cumprida?
Carros, celulares, mulheres e mansões,
Cuidado para não se render aos dobrões.

"Tudo tem seu tempo",
Mas ainda não entendo
Momentos de sofrimento
Que moldaram meu amadurecimento.

Focado a amar mais,
Determinado a não julgar mais,
Destinado a perdoar mais,
E sufocado por compreender demais.

Depois de passar o dia escutando músicas que falam basicamente sobre dinheiro, luxúria e mulheres, fiquei pensando em como seria a vida de uma pessoa que, tão jovem, já tem tudo que o mundo material tem a oferecer: o carro do ano, mulher supergata, melhores restaurantes, roupas e calçados mais caros. Qual seriam a motivação e o desafio para seguir em frente?

Estou começando a entender que tudo precisa de um tempo para acontecer da melhor forma. Isso porque acredito que os obstáculos e aprendizados do caminho ensinam-nos a estarmos preparados para desfrutar da conquista no final.

Vou dar o exemplo de um astronauta: para a pessoa chegar ao espaço é necessário anos e anos de estudos, sacrifícios e percalços, mas se não fossem esses desafios, ele não estaria nas condições necessárias para aguentar estar no espaço. Por isso o processo é importante.

No momento essas dores são muito complicadas para mim, não consigo entendê-las muito bem, mas sei que elas fazem parte de um processo de amadurecimento e, no fim, tenho fé de que o resultado será surpreendente.

Abraço

"Eu só quero um abraço."

27° Poema - 07/06/2021

Abraço

Eu só quero um abraço.
Preciso de proteção,
Não preciso de maço.

Eu só quero um abraço.
Preciso de carinho,
Não de sentimentos escassos.

Eu só quero um abraço.
Preciso de amor
Sem me enforcar em laços.

Eu só quero um abraço.
Preciso de alguém
Equilibrando meus passos.

Eu só quero um abraço.

Quantas vezes você já se percebeu capaz de vencer um desafio, porém fraquejou por não ter como aliviar as dores que sente? Com o passar dos anos sendo mais introspectivo e reflexivo, vi-me bastante autossuficiente em meus momentos de tristeza, em que eu seria capaz de me ajudar, seja escrevendo ou repetindo frases motivacionais que levo no coração.

Mas chega uma hora em que não dá mais, eu tinha tanta força, garra e determinação para conquistar o que eu almejava, mas uma mágoa me amarrava, percebi que, na verdade, eu não era autossuficiente e só estava manipulando meu cérebro para acreditar que era, pois queria esconder a dor de estar sempre sozinho, tentando afirmar para mim mesmo que eu não precisava de alguém. Só que eu preciso.

Eu preciso de proteção, alguém que eu possa abraçar e me fazer sentir seguro, não precisar de entorpecentes para me sentir bem.

Eu preciso de carinho, alguém para abraçar e sentir o afeto da pessoa ao me retribuir o gesto, não ter que me contentar com qualquer carinho só para dizer que a pessoa está fazendo a parte dela, mas, na realidade, sem realmente se importar comigo.

Eu preciso de amor, alguém em quem eu possa confiar e descansar em seus braços sem me preocupar com questionamentos, não precisar ficar me explicando numa situação em que vou ser ouvido, mas não escutado.

Eu preciso de alguém para quem que eu possa contar meus sonhos e meus objetivos, que me oriente a tomar a decisão mais sensata.

No fim das contas, eu só quero um abraço.

Defeitos

"Amadureci cedo demais
E meu erro foi cobrar
Mais maturidade dos demais."

28° Poema - 07/06/2021

Defeitos

Que tipo de inseto eu sou?
Me suicidei com meu próprio veneno,
Minha compaixão me matou,
E num espaço tão grande
Eu me sinto tão pequeno.

E isso eu falo sério!
Meu maior defeito
Foi tentar ao máximo
Ser o mais perfeito,
E isso eu não nego!

Amadureci cedo demais
E meu erro foi cobrar
Mais maturidade dos demais.

Escrevo e não falo,
Penso e me calo.

Tanto que eu tenho pra escrever,
Melhor deixar pra lá,
Sei que ninguém vai entender
O que eu tenho pra falar.

Não conseguem entender
Só pela forma de olhar

O que eu já tentei dizer.
Com palavras não dá pra explicar.

Fui à festa de aniversário de um amigo e, na real, eu nem me sentia bem junto ao círculo de amigos dele. Eu até entendo o pouco caso deles comigo, pois todos já eram maiores de idade. Os "adultos" da faixa etária média de 25 anos tinham outra mentalidade, todo mundo bebendo, rindo, cantando, dançando, fumando, divertindo-se em geral, e eu só fui para tomar conta da minha amiga, que já foi destinada a sair de lá carregada. Foi engraçado um garoto de 17 anos sendo babá de uma mulher de 20, mas o motivo real de eu ter ido é porque gostava dela e mesmo naquela circunstância caótica para mim valia a pena para estar ao lado dela.

No meio deles eu me sentia como uma criança que vai brincar de pique-pega e na brincadeira é o "café com leite", para quem ninguém dá moral (exceto você, Itallo. Você é incrível!).

Mas após chegar em casa, depois de um dia intenso de muito festejo, tomar um banho, deitar-me na cama e... estar sozinho, eu senti inveja, pois vi que todos naquela festa eram muito amigos, eles tinham uma ligação de família, coisa que na minha própria família já é mais fragilizada. Para mim foi impressionante ver um grupo de pessoas tão grande com uma união maior ainda.

Traição

"Traído por quem eu mais confiava,
Acreditei na lealdade
De alguém que faltou com a verdade.
Apunhalado não pelas costas,
Mas, sim, nos dois olhos."

29° Poema - 11/07/2021

Traição

Como se preparar para algo...
Que você já sabe que vai acontecer?
Os sonhos realmente têm significado,
Foi o que aquela cobra quis me dizer.

Traído por quem eu mais confiava,
Acreditei na lealdade
De alguém que faltou com a verdade.
Apunhalado não pelas costas,
Mas, sim, nos dois olhos.

Foi ferido meu maior pilar,
A lealdade! A de se falar,
Não paro de imaginar,
Na real, de recriar
O que meus olhos não queriam olhar.

Escrevendo mais uma vez
Porque palavras, desta vez,
Se foram de vez,
Assim como a confiança
Que um dia se teve.

Não aguentava mais nenhum segundo a vontade de desabafar a tristeza que senti depois desse ocorrido. Sempre tive para mim que independentemente do tipo de lance que estamos tendo com alguém, essa pessoa merece respeito e eu não concordo com o ato de, então, ficar com outra. Para mim isso é desleal. Mas foi o que você fez, minha amiga...

Quando entro no MEU QUARTO, deparo-me com você montada em cima do meu amigo, com a língua dando nó na dele. A minha reação foi somente rir e brincar com a situação, pois para mim aquilo era tão absurdo que chegava a ser cômico.

Nós não tínhamos nenhuma relação nem eu sentia atração por você. O que realmente me decepcionou foi ver a sua outra face, que deu a entender que sempre que você estiver com raiva do seu parceiro e não quiser mais contato com ele, a sua saída será sair para beber e beijar outras bocas.

Doeu-me ver uma pessoa que era tão querida por mim fazer isso com a imagem da confiança que eu tinha em relação a ela, e é realmente engraçado o fato de que uma semana antes, exatamente no mesmo dia da semana anterior a esse ocorrido, eu sonhei com uma cobra. Então eu entendi o significado dela em meu sonho. Infelizmente, ela tratava-se de você.

Você sumiu

"E é difícil acreditar
Que a garota dos meus sonhos
Só tem pesadelos comigo."

30° Poema - 14/07/2021

Você sumiu

Não me olhava mais nos olhos,
Mas degustava a minha boca.
Dois jovens à procura de amor,
Mas infelizmente não era o meu
O qual você tanto buscava.

Você se dizia ser forte,
Te mostrei meu lado fraco
E aí você sumiu.

Demonstrei demais,
Me entreguei demais,
Desgastei demais,
E nos dias atuais
Não te vejo mais.

E é difícil acreditar
Que a garota dos meus sonhos
Só tem pesadelos comigo.

Esse poema eu demorei meses para finalizar. As estrofes eram rabiscos que escrevi de modo avulso, quando vinha na minha mente. Depois de um tempo decidi dar uma olhada nos rascunhos que eu tinha e vi a forte conexão que essas estrofes tinham, despretensiosamente, umas com as outras.

As estrofes relacionam-se à garota do primeiro poema. A primeira resume uma parte da nossa história, nós dois queríamos ser amados. Eu atrás de você e você correndo de mim para outra pessoa que só te humilhava.

A segunda estrofe está relacionada a uma garota que eu já conhecia, porém no início deste ano nós começamos a conversar mais. Como a estrofe diz, você sempre me falava ser uma pessoa forte e quando eu decidi abrir-me a você e mostrar minhas fraquezas, fomos perdendo o contato.

E na terceira e quarta estrofes volto a falar da primeira garota, por quem eu fiz de tudo para hoje em dia não sermos mais nada.

Carência

"Não quero mais ouvir
'Ninguém é digno de ti',
Dessa prisão, alguém me liberta!
Quero passar a escutar
'Como a gente se completa'."

31° Poema - 08/08/2021

Carência

Tantos contatos
Sem nenhum contato,
E o físico de fato
Enfraquece meu tato.

Me entrego fácil
Em qualquer demonstração de afeto,
A carência age rápido
Só com pouco dialeto.

Todos me têm,
Mas comigo não tenho ninguém,
E no fim dessa novela
Nem sei mais quem é ela

Não quero mais ouvir
"Ninguém é digno de ti",
Dessa prisão, alguém me liberta!
Quero passar a escutar
"Como a gente se completa".

Queria tanto que parassem de me dizer que nenhuma garota é digna de mim. Como assim? Eu só tenho 17 anos e como posso ser uma pessoa tão extraordinária como dizem e mesmo assim não ter nenhum amor ao meu lado? Eu sei dos meus defeitos, mas considero-me uma boa pessoa. Será que minha aparência tão infantil não me permite ter algum relacionamento ou será por eu demonstrar muito em pouco tempo?

Talvez eu seja muito emotivo devido à falta de afeto paterno... Não sei explicar isso.

Defeitos pt. II

"*Reconheço, eu sou falho,*
Meus defeitos na mesa espalho,
Divididos em vários retalhos,
Perguntando o quanto eu valho."

32° Poema - 08/08/2021

Defeitos pt. II

Com tantas qualidades
Me deixo afetar por um detalhe,
Maldito detalhe.
Quanto esforço você vale?

Reconheço, eu sou falho,
Meus defeitos na mesa espalho,
Divididos em vários retalhos,
Perguntando o quanto eu valho.

Não me permito errar,
Não da mesma forma,
Mas a ansiedade é forte,
Difícil de controlar.

Não vou errar novamente,
Buscar informações que
Só vão torturar minha mente.

Não posso te controlar,
Por isso eu me julgo
Da vontade que me dá,
Ao meu signo eu culpo.

Primeiramente, eu queria te pedir desculpas, minha amiga, por tê-la apresentado a um grupo de pessoas de quem eu ainda nem era amigo. Você foi se enturmando, altas risadas e muitas partidas de *League of legends*. Aí aconteceu de você namorar um dos rapazes do grupo. Isso me doía. Ouvir você chamando-o de "amor" durante as nossas partidas era difícil, mas eu aceitava, já que ele teve mais coragem e atitude que eu para ter esse status com você.

Infelizmente, aconteceu aquela situação com você, da qual pouparei os detalhes. Você afastou-se de tudo e de todos, mas eu não aceitei, eu queria estar ao seu lado, acompanha-la naquele momento difícil, e aí entra o meu defeito! Buscar informações que só vão me machucar e que não têm nada a ver comigo. Eu queria saber onde você estava, como você estava e com quem estava. Todo o meu esforço foi pensando em te proteger, mas isso só me feria mais, pois você tinha a sua vida, os seus costumes, o seu meio social, as suas inseguranças, o seu próprio jeito de ser.

Dessa vez eu não quero falhar como fiz no passado. Quero o melhor para você, e digo isso não sobre o que eu acho que é o melhor, mas o que realmente é. Então estou evitando ir atrás de alguma informação que vá me fazer mal. Isso não é saudável e o que eu vou ganhar são só dores. Eu estarei com você para ajudá-la, minha grande amiga, mas agora entendendo e respeitando sua vida particular sem me gerar dores.

Registros fotográficos

"A energia na primeira foto
Se diverge no último retrato,
De formas diferentes,
O começo de conversa,
Com o fim do contato,
A felicidade quando começa,
Até o bloqueio no contato."

33° Poema - 14/08/2021

Registros fotográficos

A energia na primeira foto
Se diverge no último retrato,
De formas diferentes,
O começo de conversa,
Com o fim do contato,
A felicidade quando começa,
Até o bloqueio no contato.

Muitas imagens com memórias
E lembranças inglórias,
Escritas muitas histórias
Com sentimentos ilusórios.

Quanto amor guardado
Num papel espedaçado,
Contendo em seus versos,
Lágrimas de um coração despedaçado.

Tantos registros
Marcados de todas as formas:
Celulares, memórias,
Fotografias, histórias.
Que hoje, de todas as formas,
É forçado o esquecimento.

Quantas vezes você já se pegou vendo fotos do passado e percebeu que todo aquele sentimento que tinha no momento do registro já não existe mais? Sendo lembranças ruins ou boas, depois de um tempo isso passa e, imagino eu, que seja por isso que nós registramos os momentos em fotos.

Nelas não ficam guardadas só as cores no papel, mas também os sentimentos sentidos naquele determinado momento, e isso pode até nos despertar um gatilho para outros momentos marcantes que não foram registrados, mas estão em nossas memórias.

Escrevi esse poema depois de ver a notificação de uma lembrança de 2019 que o Google Fotos indicou, e quando abri vi fotos nossas. Olha que engraçado! Vendo as fotos eu consegui relembrar todas as emoções que eu senti ao estar com você e lembrei-me de tudo o que vivemos para hoje nem nos falarmos mais.

O melhor de tudo é que mesmo naquele tempo, depois de ter implorado de todas as formas para que você ficasse, hoje eu agradeço por você ter ido embora. E se não fosse pelas dores que me causou, eu não teria escrito esse poema. Agora você não passa de apenas mais um registro fotográfico.

Tudo é uma fase

"Tudo é uma fase,
Seja de um game,
De frame em frame,
De frase em frase.
Tudo é uma fase!"

34° Poema - 16/09/2021

Tudo é uma fase

Tudo é uma fase,
Seja de um game,
De frame em frame,
De frase em frase.
Tudo é uma fase!

Da perca da base
Aos momentos de ápice
Sem ir de "base".
Seguindo o Waze,
Tudo é uma fase!

Não te sigo, te acompanho
Como o fazendeiro olhando o rebanho,
Seus relatos, eu componho
Das épocas de uma campanha
De alguém que não se acompanha,
Vivendo na vida por um quase,
Que permaneceu num impasse.
Tudo é uma fase!

O vício é uma catástrofe!
Te desejo até ao meu desastre,
Me ame até o desgaste,
Caído, aguardando um resgate,
Antes que essa praga se alastre,

Esperando que a vontade passe
E que esse vício se acabe.
Tudo é uma fase!

Querer não é poder,
Poder não é ter,
Fingir não ter não é empatia,
Se ponha à luz do dia,
Veja o esforço do dia a dia,
A pobreza que se dissemina
Recebendo uma pouca quantia,
Depois descartados sem serventia,
Desejando que isso passe.
Tudo é uma fase!

A vida é temporária e o que temos e vivenciamos nela também é. Um dia ensolarado não dura para sempre. Como dizemos em Manaus, "isso é sol de chuva". Ou seja, o céu limpo escurecerá, em alguns minutos cairá uma forte chuva, que não durará muito, e, após isso, o sol volta a aparecer. Esse clima de Manaus é bem bipolar mesmo.

Nisso é possível aprender que tudo é uma fase, tudo passa. Entender as fases traz o otimismo de que o amanhã promete ser melhor, então aproveite o que isso tem a lhe agregar.

Angústia

"Minha lembrança nossa favorita
Descobri após a sua descrita,
É a história que você não queria
Que tivesse sido escrita."

35° Poema - 10/11/2021

Angústia

Juro que eu tento,
Mas esse tormento me segue.
Quando eu vou achar um amor calmo
Que não me sequele?

Sei que você é diferente
E imaginei que por isso seria diferente,
Com uma história diferente,
Mas foi só uma forma diferente
De terminar sempre do mesmo jeito.

Não temos nada,
Mas com você eu teria tudo,
Sem pensar em mais nada,
Te amaria mais que tudo.

Minha lembrança nossa favorita
Descobri após a sua descrita,
É a história que você não queria
Que tivesse sido escrita.

Pessoas ruins machucam pessoas boas
Num mundo onde pessoas boas
Se matam por pessoas ruins.

É assim que as coisas são,
É como o ciclo da louça,
"Nós limparemos
E eles sujarão
Na madrugada fria",
Como o Brazza dizia.
Eu sigo com essa agonia,
Meu peito em brasa
Nesta cama vazia.

Já falei tudo,
Mas não mudou nada.
A ansiedade, na calada,
Ainda me perturba.

Tudo que tinha pra escrever
Já escrevi, não consigo mais.
Já descrevi as dores que senti
E ainda continua a angústia sem ti.

Meu último dia de contrato como aprendiz não era a última vez que iríamos nos encontrar. Nesse dia já estavam explícitos o seu descaso e o seu desprezo comigo, e eu não consegui entender a razão de tanto ódio, sendo que plantei o amor e a esperança que havia guardado a minha vida toda. Não sei em que momento aa muda que tinha tudo para dar certo tornou-se o monstro que você vestia quando me via.

Você não querer ficar comigo não foi o problema. O que me fez perder o chão, o céu, o ar e tudo ao meu redor foi ouvir de você que aquele momento que tivemos no dia do meu aniversário nunca deveria ter acontecido. Foi isso que me deixou em choque. Mas eu não fiquei triste, eu não tinha nenhuma reação para essa frase sua.

Você pode mentir para mim, mas o seu corpo foi sincero, e naquele dia você sabe muito bem que eu não a forcei a nada, pelo contrário, ouvi atentamente cada som que saía da sua boca e respondia imediatamente atendendo aos seus pedidos, seja para pararmos ou quando você vinha até mim querendo mais. Mas tudo bem, espero que em algum momento possamos nos acertar quanto a essa história mal resolvida.

Polissemia

"Nesse caminho eu caminho,
Acordo cedo e leve
E já me cedo aos pensamentos,
Esperando que me leve
A qualquer canto do rio,
Onde eu canto, rio, me sinto alegre."

36° Poema - 14/11/2021

Polissemia

Atente-se a este conto
Que agora eu lhe conto,
Sou um amante de poesia
E ela faz de mim o seu amante.

Jovem amador nos poemas
E amador de resenhas,
Buscando um sentido
Aos sentimentos sentidos.

Nesse caminho eu caminho,
Acordo cedo e leve
E já me cedo aos pensamentos,
Esperando que me leve
A qualquer canto do rio,
Onde eu canto, rio, me sinto alegre.

Com uma camisa sem manga
Saboreando uma doce manga,
Sentado em um banco escuto:
"Pode deixar que a conta eu banco.
No dia seguinte me resolvo com o banco".

"Nesse verão eles verão que nada é de graça,
Achando graça pelo privilégio,
Mal sabem que com o pelo pagarão".

Alguma vez você já brincou ou fez algum trocadilho com uma palavra que tem dois ou mais significados distintos? O nome dado a esse fenômeno linguístico é "polissemia", que significa que a palavra ou expressão tem mais de um sentido, e esse poema foi uma forma de apresentar com mais clareza essa diversidade de palavras e sentidos que a língua brasileira tem.

Desabafo

"Me criticam por ser moralista,
Mas a intenção é ser realista,
Fazer vocês entenderem, enfim:
'O que eu não gosto em você,
Eu procuro corrigir em mim.'"

37° Poema - 22/12/2021

Desabafo

É muita cobrança,
Muito tormento,
Esse meu medo,
Isso eu não minto.

De ser soberbo
Disso eu me esquivo.

Impaciente e ridículo,
Grosseiro e estúpido.

Não quero ser
O que abomino,
Uma pessoa fria,
Se importar com o mínimo.

As decepções
Me transformaram,
Desilusões
Se concretizaram.

O tempo passa
E o clima não muda,
Uma vida amarga
Dentro da muda
Que foi plantada
Em mim de forma bruta.
Peço perdão por ser fri,

Perdão por estar assim,
Não queria tratá-los assim.

Aqui dentro tá tudo virado,
Só quero um pouco de paz,
Ficar mais calado,
Tentar acalmar
O que de dentro não falo.

Preciso de afeto
Que acerte meu tato,
Um contato humano
Que feche um contrato.

Tão cansado de barulho,
E o engraçado de tudo
É que o som das músicas
É o que acalma minhas dúvidas.

Me criticam por ser moralista,
Mas a intenção é ser realista,
Fazer vocês entenderem, enfim:
"O que eu não gosto em você,
Eu procuro corrigir em mim".

E é sobre isso,
Autoaprimoramento,
Isso te leva ao amadurecimento.
Mas foram tantas dores
Que passei por um endurecimento,
Formadas pelo conhecimento
Que tive com as conversas

Que vieram de dentro.
Não quero ser emotivo,
Logo eu, que já fui tão vívido,
Morrendo por não ter sentido
Um sentimento recíproco.

O amor nos transforma,
Eu sou umas delas,
Mas mudei pela falta dele,
Não queria que fosse dessa forma.

Me sinto sozinho na estrada.
Em quem eu mais confiava
Se tornou uma dádiva
Do sentimento de mágoa.

A incerteza dessa confiança
Me faz pensar e cogitar
Em encerrar essa aliança,
De essa amizade acabar.

Está difícil demais conciliar entre todas as coisas ao redor. Mãe, perdoe-me por estar constantemente rude e impaciente. Eu juro que se conseguisse não agiria assim, mas eu estou exausto física, psicológica e emocionalmente. A pessoa a quem eu procurava atrás de conselhos e apoio está a cada dia mais distante, e, mãe, quando tentei lhe contar meus problemas, a senhora me ouviu, mas, infelizmente, não me escutou.

Isso não me enfureceu, pelo contrário, serviu-me de motivação de que se quero ser melhor eu preciso aprender a lidar e a superar meus problemas sozinhos, e em casos de precisar pedir ajuda, que seja abrindo mão de dinheiro e investindo na minha saúde mental com o apoio dos profissionais de quem tanto sou fã: os psicólogos.

2022

O que ela faz é magia

"Quando falava que tipo de garota me atraía,
Não sabia que ainda sem te conhecer
Era você a quem eu me referia."

38° Poema - 20/01/2022

O que ela faz é magia

Você me encanta!
A força com que te admiro é tanta
Que às vezes me espanta.

Me encantei com seu jeito de ser,
Seus sonhos, metas e desejos,
Sua vontade de vencer,
Vivendo a vida sem desprezo.

A energia que você me dá,
A animação para sorrir e falar,
Falar o quanto eu te gosto,
Nem sempre eu mostro.

Tento ser forte como você,
Mas não é sempre que posso.

Me apaixonei por você!
Mas isso é mais profundo,
Vai além do que apresento ao mundo.

O que ela faz é magia,
Me controla com a boca,
Uma sensação bem louca.
Olha como ela me contagia,
O que ela faz é magia.

Quando falava que tipo de garota me atraía,
Não sabia que ainda sem te conhecer
Era você a quem eu me referia.

Eu queria poder lhe mostrar esse poema antes de você ter me bloqueado do seu mundo, mas caso aconteça de você deixar seu ódio para trás e ele chegar até você, saiba que você foi a garota mais inteligente, mais esforçada e mais surpreendente que já conheci. Espero que guarde com carinho esses versos, assim como guardo você comigo.

Perdão por ser mau

"Fiz você se apaixonar
Pelas músicas que amo escutar,
E nelas, quando tocar,
Será de mim que você vai lembrar."

39° Poema - 20/01/2022

Perdão por ser mau

Perdão por ser mau,
De te dar muito amor,
Estar do seu lado na alegria, na dor.
Desculpa por ser o cara ideal.

Fiz você se apaixonar
Pelas músicas que amo escutar,
E nelas, quando tocar,
Será de mim que você vai lembrar.

Sua família não perdoará
O que fiz com eles.
Me querendo sempre por lá,
Conquistando o coração deles.

Te pus em meus poemas,
Te tornando o meu tema,
Você, apaixonada por leitura,
Se impactando com a escritura.

Ficarei preso na sua cabeça,
Tirando seu sono e sendo sua paz,
E quando quiser que me esqueça
Aparecerei de surpresa,
Te amando cada vez mais.

Poucos momentos pra perceber,
Parar pra refletir e reconhecer
Que não será fácil me esquecer.

E como minha palavra final
Ainda posso dizer,
Perdão por ser mau.

Isso foi apenas um cenário imaginário, infelizmente.

Conversando com meus sentimentos

"Mas por que uns nascem com tanto
E para outros tanto falta?
Alguns com a mesa farta
E muitos vivendo aos prantos."

40° Poema - 03/02/2022

Conversando com meus sentimentos

Num dia, observando um leito,
Me pego distraído
Conversando com meu preconceito.

Questiono a diferença de classes,
Ele responde que são fases,
Filhos de pobres trabalharão
E ricos se tornarão,
Enquanto filhos de ricos
Com vários malotes
Gastarão até ao "sold out"
E se tornarão pobres.

Mas por que uns nascem com tanto
E para outros tanto falta?
Alguns com a mesa farta
E muitos vivendo aos prantos.

Não concordo com meritocracia.
Alguém dizer ser digno de conquistar
Numa corrida entre uma Brasília
E um potente Jaguar.

Meses atrás encontrei o amor,
Gosto tanto dele, mas
Tenho a sensação de que ele é falso,

Sempre quando vai me deixa dor,
E geralmente quando fica
É por um curto prazo.

Lembro na semana passada,
Interagi com a minha ira,
Que por tanto tempo calada,
Escondida e repudiada,
Só mais furiosa se tornava.

Ouvi os seus gritos
Clamando por liberdade,
Mas se a soltasse
Eu me tornaria o preso,
Refém do que foi feito.

Entramos em consenso
Respeitando o bom senso.
Sozinho e no silêncio
Canalizo os sentimentos,
Acalmando a mim mesmo.

Tentei entender essas emoções
E compreender suas razões,
Sem cair nas ilusões
E me render às frustrações.
Após viver essas sensações,
Passando por vários corações,
Vejo que tenho várias variações
E estarei sempre em transformações.

Já praticou conversar com o ser que vive dentro de você? Contar a si e ouvir suas próprias histórias pode ser tão satisfatório como horas conversando com seu(sua) melhor amigo(a). Aproximei-me mais de mim mesmo, transformando-me em meu melhor amigo, por conversar com meus sentimentos.

Não saber ser amado

"Tudo é um momento,
O amor da minha vida
Durou apenas meses,
Com isso renasci várias vezes."

41° Poema - 13/03/2022

Não saber ser amado

Num relacionamento
Não me sinto pronto
Para ouvir um "eu te amo".
Já foram tantas que me enganaram
Que é difícil acreditar quando falam.

Essa sensação de não saber,
Não ser amado,
Me tornando amargurado
Sem nem saber.

Tudo é um momento,
O amor da minha vida
Durou apenas meses,
Com isso renasci várias vezes.

E eu só quero poder
Em um amor calmo descansar.
Mesmo não sabendo quem é você
Te procuro em qualquer lugar!

Quanta confusão, para mim, que buscava constantemente uma garota para chamar de amor, agora me pego inseguro pensando nos medos que adquiri nesse percurso de ter uma pessoa especial para dizer que me ama. Isso tudo é tão cansativo... Meu futuro amor, se você estiver lendo isso saiba que estou a sua espera para me ajudar e descansar.

Visão sobre o mundo

"O mundo tá revirado,
As pessoas sabem o preço de tudo,
Mas não reconhecem o valor de nada."

42° Poema - 13/03/2022

Visão sobre o mundo

Louco imaginar
Que uma substância molecular
Modifica a forma de pensar.

As nossas falas mudam
De acordo com os nossos interesses.
Isso não é hipocrisia,
É a natureza humana,
Mas não vou te iludir
Só pra te ter na minha cama.

Muito sexo sem amor,
Muitos camarotes sem amigos,
Mulheres querendo ficar gostosas
Pra ficar com caras ricos,
Homens querendo dinheiro
Pra ficarem com as mais gostosas,
E o amor, lá, sozinho.

O mundo tá revirado,
As pessoas sabem o preço de tudo,
Mas não reconhecem o valor de nada.

E todos os dias a mesma coisa
No mesmo mundo,
As mesmas coisas escondidas

Debaixo do sobretudo.

Cada dia observo mais o mundo e vejo o quão insana é a realidade. Todos nós ouvimos falar sobre ela, mas já pararam para observar o que acontece ao seu redor? Tentem ouvir e ver mais, ficando abertos a obter uma nova perspectiva sobre o mundo que os rodeia.

Amor e mágoa

"Após todas as separações,
Será que só eu sofri?
Depois de todos os fins,
Só eu que senti?"

43° Poema - 04/07/2022

Amor e mágoa

Quero o melhor para você,
Mas não sei o que faria
Se o melhor fosse não me ter.
Desculpa, mas não consigo mentir,
Não fico feliz ao te ver sorrir.

Não sei diferenciar amor e mágoa.
Até onde eu te amo?
Até quando você vai me magoar?

A dor de eu não estar presente
De cada momento adiante,
Vendo seus instantes,
Risos radiantes,
De carinho aos semelhantes,
E que para você sou inexistente,
Olhando para frente
E esquecendo do que vivemos antes.

Sempre atenta com suas orelhas,
No meio de tantos carinhos alheios
Quando eu falo me bloqueia,
Fecha a cara e se chateia,
Se não ligas para mim
Então por que me odeias?

De tantos olhares de encanto,
Hoje seu olho revira ao me ver.
Quem dera fosse de prazer,
Ainda não entendo o seu ranço.

Se ainda sinto amor,
Como a sua presença me faz mal?
Por que quando te vejo
Sinto tanta dor?

Após todas as separações,
Será que só eu sofri?
Depois de todos os fins,
Só eu que senti?

Eu senti tanto,
Me entreguei pra valer,
Para hoje ser
Só um tanto faz para você.

Agora esse é o mistério meu,
Que só viveu um lado da moeda,
Me acostumando com a dor
De sempre ter a mesma queda.

Você já vivenciou a péssima experiência de ser excluído da vida de alguém que você vê todos os dias? De trabalhar na mesma empresa que a pessoa, no mesmo setor e, ainda por cima, sentar-se de frente para ela? E com toda essa proximidade vivenciar a péssima experiência de não existir para uma pessoa que está a apenas um passo de distância de você?

Posso dizer que você é uma ótima atriz, pois segurar o papel de ódio que tem de mim por mais de seis meses não é fácil, mas o mais difícil foi eu ter que aprender a lidar com essa situação. Eu te amava demais e não foi fácil assimilar que em pouco tempo fomos de tão próximos para tão distantes, e sem você me dar um motivo para entender esse seu ódio por mim.

Foi nessa época da minha vida que comecei a ler o livro *A monja e o poeta*, escrito pelo espetacular Allan Dias Castro e a magnífica Monja Coen. Agradeço muito por ter esbarrado o olhar tão inocentemente nessa obra, que acabou virando meu amor à primeira vista.

Ele foi crucial para eu aprender a lidar com essa situação, de saber como reagir a esse pesadelo que eu vivia acordado. Entre os ensinamentos que absorvi, teve um que me ajudou a lidar com você, minha companheira de trabalho: nós só entregamos a alguém aquilo temos.

Não é questão de ser só ruim ou bom, mas entender e respeitar que naquele momento você me tratava daquela forma porque era como você sabia reagir à situação. E não estou aqui para julgar suas atitudes. Você é livre para tomar as decisões que achar certo. E mesmo com essa situação eu continuei te tratando com muito carinho e afeto, porque quem tem para dar nunca se esgota, pois sabe achar a fonte em si.

Chuva e lágrima

"As nuvens que, carregadas
Como nossas mentes,
Precisam de uma evasão,
E derramar-se em gotas
Foi a sua solução."

44° Poema - 04/07/2022

Chuva e lágrima

A força de uma chuva!
Seu barulho forte que acalma
Não só a quem escuta,
Mas também para quem solta.

As nuvens que, carregadas
Como nossas mentes,
Precisam de uma evasão,
E derramar-se em gotas
Foi a sua solução.

A mesma dada às lágrimas,
Para aliviar a pressão
Dentro do coração
Que carregamos em nossas almas.

Chorar faz bem,
Chorar até secar,
Chorar até se molhar,
Chorar te faz sentir bem.

Talvez seja isso que as nuvens façam.
Por levarem com elas tanto peso
É necessário desaguar,
Assim como a chuva e a lágrima.

Já reparou que quando choramos nos sentimos mais leves depois? Somos como as nuvens, que depois de uma forte chuva abrem-se mostrando o lindo azul do céu. No corpo humano existem três categorias de lágrimas: as basais, as reflexas e as emocionais, que também são conhecidas como choro. Cada uma tem uma função diferente, mas o mesmo objetivo, proteger-nos.

As lágrimas emocionais são geradas pela sobrecarga de alguma emoção, seja ela positiva ou negativa. É a forma de alívio do nosso corpo para nos tranquilizar quanto a alguma situação, ou seja, elas foram feitas para serem derramadas, para que você consiga colocar para fora em forma de gotas tudo aquilo que está sobrecarregando-o(a).

Chorar faz bem, muito bem. Segurar esse impulso biológico impede que o corpo trabalhe para fazê-lo(a) sentir-se melhor. Não guarde lágrimas. Deu vontade? Chore! Pois assim como as nuvens, derramar-se em gotas é a solução para mostrarmo-nos e após isso, vem um lindo arco-íris.

Imaturo por se achar maduro

"Fui imaturo demais ao pensar
Que era mais maturo que os demais."

45° Poema - 04/07/2022

Imaturo por se achar maduro

Tenho a boba sensação
De já ter sido mais maturo,
E hoje, perdido, em cima do muro,
Duelo entre quem sou
E a pessoa que me mostro.

Tão autoconfiante e consciente,
Ingênuo, imaturo e inocente.
Isso é o que mostro externamente.

Me percebo mais refém
Não do que digo,
E, sim, do que me calo.

Fui imaturo demais ao pensar
Que era mais maturo que os demais.

O que falta para me sentir bem?
Hein?
O que falta para eu me sentir feliz?
Alguém me diz!

Conversando por mensagens com uma amiga que não vejo desde o meio do ano de 2019, ela disse-me que me via como uma pessoa diferente no meio social do qual fazíamos parte na época da escola, que eu não me encaixava no pensamento dos meninos sobre as mulheres serem troféus a serem conquistados só para serem exibidos.

Sendo sincero, eu realmente não concordava e sigo não concordando com esse pensamento que, infelizmente, é inserido na cabeça dos garotos.

Durante a conversa ela me falou cada coisa sobre mim que eu me perguntei como ela me conhecia tanto sem ter um contato rotineiro comigo?

As coisas que ela falou me fizeram questionar sobre quem eu realmente era, se eu era daquela forma ou se só estava sendo uma "persona" para me encaixar num meio social ou agradar alguém.

Eu, que me achava já tão maduro, quebrei a cara e percebi que a vida é um constante aprendizado e o quão ignorante é achar que já sabemos de tudo numa realidade em que somos mais maduros por saber que não sabemos de nada.

Minha grande amiga, você me deixou com uma crise existencial considerável, mas agradeço por ter limpado a minha visão sobre mim mesmo.

Altas expectativas

"E elogios agora têm outro peso,
Não para dizer que eu me reconheço,
Me fazem lembrar as responsabilidades
Que carrego nas minhas atividades."

46° Poema - 2022

Altas expectativas

Como lidar com altas expectativas?
Sendo você o grande prodígio,
Elogios vindo de todas as narrativas,
Tentando manter o seu alto nível.

O nível que eu mesmo criei,
Que só um é capaz de superar,
Eu mesmo! Que inventei
Minha ideia de ser o melhor de mim,
Acabou expandindo-se a outras cabeças.

E elogios agora têm outro peso,
Não para dizer que eu me reconheço,
Me fazem lembrar as responsabilidades
Que carrego nas minhas atividades.

O medo de falhar é enorme
Quando veem em você
O responsável por novas melhorias.

Nem preciso que me cobrem,
Já faço isso comigo mesmo muito bem,
Vivo diariamente com a sensação
De que cada segundo
Não deve ser em vão.

Todo dia é corrido,
Deve ser por isso que
Ainda me mantenho em forma.

Já escrevi sobre o tempo.
Antes pedia para que fosse mais rápido,
Hoje imploro para que seja mais lento.

Eu, que sempre gostei de planejar,
Perdi o controle das minhas horas
E 24 horas já não são mais suficientes
Para os problemas solucionar.

Não é um desejo que as responsabilidades diminuem,
Apenas que os tempos aumentem,
E enquanto eu permanecer no breu
Os erros do passado ainda
Continuarão sendo os meus.

No início deste ano fui ver como seria meu 2022 descrito pelo horóscopo. Não sou fanático nem fico vendo o horóscopo semanal, mas não sei por que gosto do anual. Acredito que foi depois desse ocorrido. O que estava descrito para mim era que eu deveria provar o meu valor e o que eu sou capaz de fazer, seja sobre tomada de decisões ou minhas habilidades.

Foi dito e feito! Este ano está sendo o mais desafiador da minha vida, pois estou em um novo cargo na empresa, as atividades têm um peso bem maior, a responsabilidade de não cometer erros tornou-se meu tormento diário, meu nome virou um sinônimo de eficiência e agora preciso, mais do que nunca, continuar mantendo esse padrão.

Mas eu sou muito otimista e sei que quanto maiores os desafios, maiores serão as recompensas deles, e isso me conforta de que toda dificuldade traz um grande aprendizado.

O que se passa na cabeça dela/e?

"Me tiro como observação,
Por fora muita alegria e empatia,
Por dentro, refém da melancolia.
Curiosidade minha de entender,
Conhecer a mente de outro ser,
Humanos tão complexos."

47° Poema - 2022

O que se passa na cabeça dela/e?

O que se passa na cabeça dela/e?
Na cabeça de alguém?
O que mais lhe visita?
Quais seriam as alegrias
Na cabeça de uma pessoa furiosa?

Talvez seja dessa forma
Por ter tido uma vida ingloriosa?
Quais pesadelos se passam
Na mente de uma pessoa calma?

Me tiro como observação,
Por fora muita alegria e empatia,
Por dentro, refém da melancolia.
Curiosidade minha de entender,
Conhecer a mente de outro ser,
Humanos tão complexos.

E o que lhes fazem pensar
É um órgão tão sem nexo,
Sendo sua compreensão um mistério.

O que se passa na cabeça dela/e?
Seriam seus momentos de alegria?
Seriam suas várias sequelas?
Seria seu ódio do dia?

Seria o amor da noite?
É, os pensamentos e seus açoites.

Quis escrever esse poema por causa da minha supervisora no trabalho. Falando sério, ela é a pessoa mais serena que já tive a oportunidade de conviver. É surreal como ela mostra tranquilidade e leveza no dia a dia.

Não me esqueço de quando eu tive o "prazer" de vê-la irritar-se com algo. Um dia, como de costume, eu, com meus passos largos, passei rapidamente pela mesa dela e vi-a apertando os dedos como quem está furiosa. Isso foi surpreendente para mim, apesar de ser algo tão bobo, e me fez pensar em o que se passa na cabeça de uma pessoa que consegue manter constantemente a serenidade e a postura mesmo nas situações mais adversas? Olha, posso dizer que ela é uma inspiração para mim quanto ao profissional que desejo tornar-me.

Forças para quem se dedicar

"É, foi e sempre será
Difícil conquistar o que os outros
Só fazem sonhar,
Mas para alcançar o que eles só sonham,
O quão disposto você está
De sacrificar o seu sono?"

48° Poema - 11/08/2022

Forças para quem se dedicar

Seguir o meu sonho
Ou acordar para a realidade?
Investir no que não sei
Ou seguir no que estou aprendendo?

Qualquer caminho te leva a um progresso!
Uns mais do que outros,
Outros sem retornos.
Seja um bondoso ou maléfico,
Qualquer caminho te leva a um progresso!

Mas é necessário inteligência,
Ação e persistência
Para seguir no caminho escolhido
E desfrutar de seus frutos recolhidos.

Luto, lutei e lutarei
Para manter aquilo que já tenho,
Alcançar o que nunca toquei,
Relembrando os meus empenhos,
Valorizando o que já conquistei.

Mas para isso eu peço força.
Força para quem se dedicar,
Para resistir mais do que suplicar,
Por mais energia para continuar
E não se perder nos prazeres do luar.

É, foi e sempre será
Difícil conquistar o que os outros
Só fazem sonhar,
Mas para alcançar o que eles só sonham,
O quão disposto você está
De sacrificar o seu sono?

A deusa da boa sorte presenteia
Não a quem pede pela benção,
Mas quem das oportunidades se incendeia,
Delas fazem o império,
Não só com fé e oração,
Mas, sim, compromisso no coração.
Mantenha seu foco e parta para a ação!

Nossas vidas baseiam-se e são consequências das escolhas que fazemos, das decisões que tomamos nas diversas situações. Pensar no seu futuro pode ser muito assustador, pois você vai fazer escolhas sobre algo que ainda não existe, que não é real, que é uma hipótese, uma teoria. Mas dentre as infinitas escolhas das possibilidades que temos, como saber qual é a correta?

Bem... Esta é a graça do game: você não sabe! O que lhe resta é desfrutar dos momentos que ela lhe proporcionou, então desfrute! Chorar pelas tristezas que ela proporcionou, então chore! Independentemente da situação, absorva o que ela contém de aprendizado.

Eu tinha acabado de terminar o livro *O homem mais rico da Babilônia* – para os que tiveram o prazer de lê-lo entenderão a minha referência à deusa da boa sorte –, que em resumo diz que os sortudos são aqueles que aproveitam as oportunidades que aparecem e, dessa forma, o universo conspira a favor deles com essa deusa presenteando-lhes com mais oportunidades.

Assim, digo-lhes que podemos conquistar nossos objetivos e, surpreendentemente, superá-los, mas você está disposto a fazer os sacrifícios necessários para aproveitar os frutos? Você está atento para abraçar as oportunidades que lhe aparecerão durante a sua trajetória? Se as suas respostas forem sim, então lhe desejo força – força para dedicar-se e banhar-se nas oportunidades que a deusa da boa sorte lhe trará.

Eu te amava

"Com você compreendi
Que amar é deixar ir,
Mas, na real, não tinha outra opção.
De qualquer jeito você ia partir,
Ainda bem que teve um bom fim."

49° Poema - 30/08/2022

Eu te amava

Eu devia ter dito que te amava,
Mas fiquei com medo
De expressar de forma errada.
Mas que desprezo,
Pois faz tanto tempo que não te vejo,
Eu só devia ter dito que te amava.

Por nunca ter sido amado
Não soube dizer que te amava,
Me sentia amarrado,
Com o peito queimando como lava.

Hoje você mora em outro estado,
Mas vive em minha memória.
Queria que fosse ao meu lado,
Seria minha maior vitória!

Com você compreendi
Que amar é deixar ir,
Mas, na real, não tinha outra opção.
De qualquer jeito você ia partir,
Ainda bem que teve um bom fim.

Hoje, depois de te ver em sonho,
Que só me fez perder o sono,
Me lembrou de como você me agradava

E relembrou o que minha cabeça pregava,
Que eu! Devia ter dito que te amava...

Minha grande e especial amiga, hoje nós dois sabemos que não temos como passar disso, mas confesso que pela relação que tivemos eu até agradeço por ainda sermos amigos. Porém sabemos que se eu tivesse tido a coragem de dizer a você: "Fica", eu não teria escrito esse poema, já que eu não sentiria o remorso de não te ter ao meu lado.

Sinceramente, acho incrível o quanto a minha mãe gosta de você. Ela comprou uma passagem para o Nordeste e iria aproveitar para visitá-la, Lari. Confesso que se não fosse o trabalho e a faculdade, eu teria me enfiado dentro da sua mala para ir aonde fosse, com você.

Quando acordei depois desse sonho e escrevi esse poema, imediatamente te enviei no WhatsApp, esperando servir de desculpas pela minha falta de atitude na época. Mas está tudo bem, hoje você já tem uma pessoa e eu torço muito para que ele seja a melhor pessoa para você, pois não me conformo de que alguém não faça o papel que eu deveria ter feito. Eu te amava muito e você sempre será levada com muito carinho no meu coração.

As 50 vezes que me salvei

"Fico encantado como a poesia transforma,
Seja a minha vida ou a de quem lê,
Um impacto na hora
Ou lembranças do que leu."

50° Poema - 01/09/2022

As 50 vezes que me salvei

Quinquagésimo poema
E esse é o tema,
50 vezes que me libertei de meus problemas.

Quando eu fui o causador,
Quando fui o consequente,
Quando já ditei a dor,
Quando fui seu paciente,
Quando escrevi sobre amor
Ao ponto de ficar doente.
(Outros, a maioria falando de dores,
Era o que eu mais sentia, infelizmente).

Mas escrever virou minha terapia,
Para a alma gerando alegria
E me consolando nos dias sem vida,
Quando já pensei em tirar a minha,
Hoje já não passa de uma loucura
O desejo de não existir.

Vejo minha evolução nas escrituras,
De expressões de sentimentos,
Sem me importar com meus medos,
Nem ligando para rasuras,
Focado em continuar escrevendo
As palavras que vêm de dentro.

Fico encantado como a poesia transforma,
Seja a minha vida ou a de quem lê,
Um impacto na hora
Ou lembranças do que leu.

Aí percebi que palavras têm poder,
E também o quão cauteloso devo ser,
Quais sentimentos transmitir
Na hora que eu for escrever.

A todos que me incentivaram,
Os que leram meus poemas e amaram,
Só tenho a agradecer
Por não me deixarem desistir,
Me incentivarem até o fim.
Agora, depois desse decorrer,
Vendo as palavras em que me derramei,
Eu escrevo: As 50 vezes que me salvei.

Esse seria o último poema deste livro, mas não consegui limitar-me dessa forma, e sabendo o quão verdadeiro sou comigo, decidi deixar aberto um espaço até o fim do ano para mais histórias, e deixarei o tempo dizer o que virá até lá.

Me deixem descansar

"Por favor, me deixem descansar,
Faço de tudo pra todos,
Ouço de tudo, de todos,
Por favor, parem de falar."

51° Poema - 23/09/2022

Me deixem descansar

Por favor, me deixem descansar,
Faço de tudo pra todos,
Ouço de tudo, de todos,
Por favor, parem de falar.

Não dou problemas,
Por isso me impedem de parar,
Nem me dar ao luxo de descansar,
Só parar pra respirar o ar
Sem se importar com nada,
Apenas em paz me refrescando com água.

Ouço, faço e resolvo,
Só com dois braços e dois joelhos bichados
Faço mais coisas que um polvo,
Mas não parece o suficiente pro povo.

De tanto que faço,
Do extremo cansaço,
É triste que dou o meu máximo
Mas não posso ter o mínimo,
A paz de um jovem menino...

Parar é bom para recuperar o fôlego e continuar o desafio, mas acabei me perdendo. Onde eu paro? Como eu paro? Por quanto tempo eu paro? Eu posso ficar parado?

O desafio constante de ser o máximo 25 horas por dia, seja no trabalho, rendendo o que já sabem que eu sou capaz de render; seja na autoescola, aguentando o calor infernal da tarde de Manaus em cima de uma moto, andando em círculos e circulando cones; seja na faculdade, entregando bons trabalhos ou pelo menos tentando; seja com você, meu bem, tentando fazer você amar a vida e aprender a lidar com os seus problemas de relacionamentos familiares.

Mas, meu bem, eu confesso que estou cansado. Eu posso ajudá-la e irei ajudar, mas preciso saber se o que eu sinto é recíproco. Eu não vou parar para te esperar, eu não posso parar, então queria saber se você vai conseguir me acompanhar, porque eu queria muito te ter ao meu lado, para me ajudar a parar para relaxar e sentir o que não costumo sentir, a paz de um jovem menino.

Pitica

"Te amar seria a melhor poesia
Que eu poderia te escrever,
Sem precisar descrever,
Apenas deixar acontecer."

52° Poema - 24/09/2022

Pitica

Não tô acostumado com essa sensação,
Você não sai da minha mente
Porque entrou no meu coração.

Achava meu sorriso bonito até ver o seu,
Cê é mais linda do que qualquer pergunta
Que eu já tenha feito no espelho, espelho meu.

Usa o feitiço como a Evellyn,
Me controla com o seu jeito de olhar,
E eu fico te olhando só no feeling
De quem sabe um dia eu poder te namorar.

Te amar seria a melhor poesia
Que eu poderia te escrever,
Sem precisar descrever,
Apenas deixar acontecer.

Essa garota é demais,
Olha o que ela faz.
Você não sai do meu pensamento,
Como se tivesse presa em Alcatraz.

Fiquei apaixonado, todo encantado,
Me sinto emocionado
Quando te vejo ao meu lado.

Não te perco de vista,
Adoro como o seu beijo me excita,
Saiba que eu te quero pra sempre, minha Pitica.

Como reagir a alguém que chega de repente na sua vida, mostrando interesse em estar ao seu lado e demonstrar não só com palavras e, sim, com a linguagem corporal dizendo que gosta de você? Você me fez voltar a pensar num futuro a dois ou, quem sabe, algo a mais. Vai saber quantos filhos nós poderíamos ter!

A sensação de amar alguém é muito boa, mas devemos concordar que sentir e saber que estamos sendo amados é bem melhor. E eu, que já recebi tantos elogios dizendo que meu sorriso é lindo... Bom, se o meu é lindo, então eu usarei todas as palavras bonitas do dicionário para citar o quão superior é o seu comparado ao meu. Eu realmente me esforçarei para te fazer rir só para vê-la sorrindo, minha Pitica.

Ansiedade de amar

"Sentindo novamente a ansiedade
De amar alguém repentinamente."

53° Poema - 26/10/2022

Ansiedade de amar

Acordei bem antes das dez
Com aquele sentimento outra vez,
A ansiedade desta vez
Foi o medo de fracassar por estupidez.

Tanto tempo sozinho para agora
Não saber reagir a dois,
Mas por que sinto dificuldade, ora, pois?

Me acostumei com minhas piadas,
Soltando sem motivos várias risadas,
Acostumado com meu estilo musical
Tão calmo, triste e sentimental.

Aprendi a ser calmo
Em meio às tristezas,
Letras deprês bem clichês
Me trazem um certo conforto.

Me envolvendo com alguém outra vez
Voltei a sentir a timidez
De compartilhar gostos e ouvir outros desejos
Bem diferentes de uma lucidez.

Sentindo novamente a ansiedade
De amar alguém repentinamente.
Tanto tempo sem me relacionar com alguém, cá estou eu, novamente,
sentindo o nervosismo, as borboletas no estômago. É estranho, pois eu

aprendi a estar sozinho, eu gosto de estar comigo. Aí você apareceu e me
fez sentir a sensação de insegurança e medo de não ser o suficiente para
ter alguém ao lado.

Tentei te ajudar

"Você me disse que sua linguagem de amor
É dar presentes aos seus laços queridos,
Eu amo quando me presenteia com um sorriso,
A minha linguagem de amor é serviço,
E servi a você os carinhos que mais prestigio."

54° Poema - 26/10/2022

Tentei te ajudar

Eu sei que temporais são temporários,
Mas tudo fica mais fácil
Quando temos alguém do lado.

E o que mais quero é você!
Te ajudar, te ver sorrir, te ver crescer,
Enfrentar a si mesma sem se perder.
Quero ser seu guia nessa introspecção,
Acompanhar o seu renascer,
Renascimento de um novo ser.

Enquanto te escrevo eu lembrei
De uma conversa nossa aleatória
"Não acredite nas falas de um homem",
Pra que acredite em mim, eu te escrevi,
E se pensar "não foi convincente pra mim"
Então considere a forma como eu cuido de ti.

Pode não ser a melhor,
Mas está incomparável de ser a pior.
Faço por você o que não fizeram por mim,
Seria como te doar uma parte de mim.

Você me disse que sua linguagem de amor
É dar presentes aos seus laços queridos,
Eu amo quando me presenteia com um sorriso,

A minha linguagem de amor é serviço,
E servi a você os carinhos que mais prestigio.

Mas como alguém que não se entende
Entenderia o amor de alguém completo?
Não estou com falta,
Mas você seria o meu complemento predileto
E seríamos felizes só com pouco dialeto.

Mais uma vez, entreguei para alguém mais do que servia a mim mesmo. Eu tentei, de coração, ajudá-la na minha fase mais ocupada. Meu dia era divido entre trabalho pela manhã, aulas na autoescola à tarde e, à noite, faculdade, e é fato que quando queremos algo nós fazemos o impossível para arrumar um tempo ao que nos é especial, e você era muito especial para mim.

Infelizmente, seus problemas eram maiores do que a vontade de aceitar a ajuda para enfrentá-los e, então, você entrou para a contagem de mais uma garota que me deixou.

Por que me deu asas?

"O que começou com um "meu amor"
Terminou com um silêncio,
E isso me causa tanta dor.
Você me deu asas,
Mas limitou meu voo."

55° Poema - 26/10/2022

Por que me deu asas?

Nosso prazer foi bom,
Nosso amor foi ótimo,
Mas, infelizmente, pelos códigos
Da sua linguagem corporal
Mostrava que algo estava mal.

O que começou com um "meu amor"
Terminou com um silêncio,
E isso me causa tanta dor.
Você me deu asas,
Mas limitou meu voo.

Fui dormir com medo
De acordar de manhã e descobrir
Que já tinha ido mais cedo
Sem nem se despedir.

Preciso parar de escrever para
Pessoas que nem ao menos me respondem,
Molhando as letras com lágrimas
Para não me afogar mais no quarto.

Relatos de uma noite de amor que fugiu das expectativas esperadas. Infelizmente, o meu amor não foi o suficiente para te fazer ficar, seus problemas eram maiores do que a hipótese de nós darmos certo.

Por que me submeteu a isso, fazendo-me perder não só meus sonhos contigo, como também a minha paz.

Na rua ouvindo você!

"Na rua ouvindo 'Golden hour',
Sentindo seu cheiro,
Mas em outro cabelo
Ah, que vontade de revê-la..."

56° Poema - 26/10/2022

Na rua ouvindo você!

Na rua ouvindo "Golden hour",
Sentindo seu cheiro,
Mas em outro cabelo
Ah, que vontade de revê-la...

Na rua ouvindo "Lamentável pt. III",
E é lamentável o que você fez.
No começo me demonstrou amor,
Confesso que me assustou,
Mas quando decidi e cedi,
Você se fechou e se afastou.

Na rua ouvindo "The adults are talking",
E me lembro dos seus conflitos com seus pais.
Descarregavam em você a briga de casais.
Você não tinha culpa, meu bem.
Diria até que você aguentava demais...

Na rua ouvindo "Temporais"...
"Temporais são temporários",
É o que sempre falo
Quando em me encontro em dificuldades.
É a frase que me livrou de tempestades,
Me salvando dos possíveis desastres.

Na rua ouvindo "Não sei mais",
E não sei mais continuar
Se for só por prazer.
Eu preciso te amar, te sentir, te dizer
Que, na real,
Eu queria estar na rua ouvindo você!

Baseado nas músicas que tocavam no fone enquanto eu caminhava até a parada de ônibus depois da aula na faculdade.

Me conter

*"Mas dessa vez eu vou me conter,
Não te dedicar mais lindos poemas
(Como esse que acabei de escrever),
Só por causa da sua boca gostosa
Que eu queria ter um TBT."*

57° Poema - 29/12/2022

Me conter

Dessa vez vou me conter,
Não criar momentos e histórias
Em minha cabeça de forma ilusória,
Baseando tudo em uma única memória:
O dia em que saímos para comer.

Não sou muito namorador,
Mas entre as bocas que provei
A sua tem o melhor sabor!
Ah, como eu amo o sorriso pós-beijo,
Quando olho nos seus olhos e me vejo
Com o mesmo brilho no olhar.

Só com o seu beijo
Fui dormir do melhor jeito.
Por dentro eu estava em festejo,
Com a mente sem parar de pensar
Que há um tempo eu não vejo
Essa ansiedade de amar.

Mas dessa vez eu vou me conter,
Não te dedicar mais lindos poemas
(Como esse que acabei de escrever),
Só por causa da sua boca gostosa
Que eu queria ter um TBT.

Escrevi esse poema para desabafar a dor e a ansiedade que é me conter em sonhar um futuro com você! Mas como conter isso se você me faz me sentir seguro, se gosto do seu rosto e do sorriso tímido que você dá quando lhe lanço um flerte, se me trata com carinho e delicadeza? Você nem conhece minhas histórias passadas, mas sinto que elas não têm mais tanta relevância se eu continuar com você ao meu lado.

Mais um ano chega ao fim pt. II

"Olhar para trás e ver a evolução
Quebra a barreira da ignorância
E nos faz partir para a ação
De que o futuro nos promete mudança,
E o agir agora é a chave da função
Para ir além do que se alcança."

58° Poema - 31/12/2022

Mais um ano chega ao fim pt. II

Mais um ano chega ao fim,
E agora se passaram três desde a última vez.
Ver o tanto que tudo mudou,
Tão louco como um estado de embriaguez.

Revisar as falhas que cometi,
Com os erros em que aprendi.
As garotas por quem me derreti.
As falas que prometi.
As ideias que desisti.
Os objetivos que consegui.
Olhar o passado e me orgulhar,
É o maior presente que eu pude conquistar.

Se só com 12 meses
Acontecem tantos "vêm e vão",
Em três anos já não sei quantas vezes
Mudei de estilos e de comunicação,
Amigos, costumes e prazeres.

Olhar para trás e ver a evolução
Quebra a barreira da ignorância
E nos faz partir para a ação
De que o futuro nos promete mudança,
E o agir agora é a chave da função
Para ir além do que se alcança.

Foco, força e fé,
3Fs que estão interligados
E a falta de um nos deixa fracos
E sem isso viramos os "3DES".

Pois sem foco, mas com fé e força,
Se tornam uns des-engonçados,
Foco e Força sem fé
Traz a des-esperança,
Fé e foco, mas sem força,
Viram os des-animados.

Então siga em frente.
Problemas? Aparecerão vários,
Mas saiba que temporais são temporários
E você é muito mais forte do que pensa.
Lembre-se que quanto maior o desafio
Maior será a recompensa.

Será possível relembrar tudo que aconteceu em um ano? Talvez sim! Pois digamos que a memória ainda esteja fresca. Mas e depois de três anos, ainda é possível relembrar tudo que aconteceu? Com o passar do tempo vão ficando armazenadas as memórias que tiveram um impacto maior na nossa vida, que de alguma forma deixaram uma marca, seja boa ou ruim.

Porém sobre aprendizado, não é algo que conseguimos mencionar tão bem, pois não é fácil afirmar que em um dia específico você aprendeu a respeitar-se mais, numa semana você aprendeu a lidar com suas próprias emoções, não funciona assim. O processo de amadurecimento é sutil e contínuo, damo-nos conta de que estamos diferentes quando vivenciamos a mesma situação, só que o pensamento e a forma de agir já não são mais os mesmos, e aí você se dá conta de que não é mais a mesma pessoa. Entretanto, parando para refletir agora, sabendo que já não é mais o mesmo de antes, você sente orgulho de quem vê no espelho?

Espero que sim! Se sentir que não, acalme-se. Se caso estiver numa fase desagradável e de desgosto com a sua vida, relembre os outros momentos ruins que você superou no passado. A dor passa, sempre passa, e o que devemos absorver são os ensinamentos que cada experiência tem para nos oferecer. Assim como nada acontece do nada, todos os momentos ruins servem de aprendizados para os bons momentos.

Encerramento

Agradeço muito a você, que chegou até aqui, nessa parte da minha história. Por acompanhar as minhas mudanças de fases e pensamentos. Sim, sem arrependimento algum, mudei de opinião sobre determinados assuntos – ou até sobre mim mesmo – sobre os quais, no passado, provavelmente eu fui mais ignorante e intolerante. Permitir-me mudar é muito doloroso e exaustivo, mas o prazer de acordar e estar bem comigo mesmo é a recompensa que posso lhes garantir.

Desde o mais novo possível, sempre tive a ambição de conquistar o que queria, não por uma questão de ansiedade, mas de inspiração, para mostrar que para quem almeja é possível alcançar independentemente da idade, e o que vai diferenciar a sua trajetória é o seu talento, a sua dedicação e a sua humildade humanidade.

Agora, a outra (e principal) razão pela qual eu querer tanto conquistar as coisas o mais jovem que posso é para ter a admiração das pessoas, suprir a ansiedade de ser suficiente que tive na fase mais dolorosa na minha vida, no meu amadurecimento.

Das minhas dores fiz lindos versos e agora, após muitas sessões de terapia a dois (eu e minha mente), consigo sentir que já não sou mais um vazio, assim como também não estou totalmente preenchido. Vejo-me como um riacho que está sempre fluindo e evoluindo, nunca preso aos costumes de ser só uma água parada.

Saber que somos únicos, mas vivendo em comunidade, como uma pluralidade de singulares, muda a nossa forma de interpretar o mundo. Somos individuais, porém responsáveis tanto por nós como pelo que fazemos com o próximo, visto que a maneira como eu te trato influencia na forma como você vai responder à ação, seja dando um bom-dia para alguém num dia difícil. Mesmo sem você saber e sem falar, tenha em mente que isso melhora, nem que seja um pouco, a vida das pessoas, e é essa sensação de importância que me motiva, seja em mim ou no outro. É isso que é o amor.